KB070440

지구를 쓰다가

지구를 쓰다가

기후환경 기자의 기쁨과 슬픔

최우리 지음

한겨레출판

일러두기

1. 인용문이나 녹취록의 경우 표준어가 아닌 입말을 살려 표현한 부분이 있습니다.
2. 미주 번호는 각 문장 끝에 밝혀 표시하였고, 278쪽에서 내용을 확인할 수 있습니다.

모든 것은 다른 모든 것에 연결되어 있다

Everything is connected to everything else

-

배리 카머너(Barry Commoner)의 제1법칙

사람들은 왜
환경 이야기를 하면
불편해하는 걸까

나는 그레타 툰베리가 아니다. 하지만 어떤 사람들은 나를 그레타 툰베리라고 불렀다. 보통 내가 일하고 있는 신문사나 언론계 동료들이었는데, 처음 그 말을 들었을 때는 은근히 기분이 좋았다. 스웨덴의 환경운동가로 미래 세대의 아이콘이자 세계 기후위기 운동을 이끌고 있는 그레타 툰베리와 비교되다니 이런 영광이 또 어디 있겠는가. 심지어 나는 한국 언론 최초로 그를 화상으로 인터뷰한 기자였다. 이것 때문에 그렇게 불러주는 것이라면 정말 좋았겠지만, 나는 그들이 왜 나를 그레타 툰베리라 부르는지 그 의도를 이미 알고 있다.

어떤 사람들은 그레타 툰베리를 불편해한다. 그들은 그를 가리켜 세상과 타협하지 않는 근본주의자 혹은 이상적인 이야기를 하는 순진한 환경론자라며 비아냥거리고 조롱한다. 나를 그레타 툰베리라 부르는 이면에도 역시 그런 이유가 있다는 것을, 어느샌가 직감적으로 알 수 있었다. 그래서 어떤 날에는 그 영광스러운 이름이 매우 아프게 들렸다.

나의 또 다른 별명은 '개척자'이다. 한국 사회에서 환경 뉴스를 가장 잘 쓴다고 평가받는 언론사에서 기자로 일을 한 지만 12년이 되어가고 있다. 기자라면 누구나 시민들이 알아야 하는 우리 사회의 일들을 진실한 언어로 전해야 한다. 하지만 한국 언론의 현실에서 하고 싶은 말을 자유롭게 하는 기자는 솔직히 거의 없다. 그보다 정해진 틀에 맞는 기사를 쓰기 바쁘다. 물론 그런 작업 속에서 기자로서 마땅히 갖춰야 하는 능력을 훈련할 수도 있고, 때로는 그렇게 쓴 기사가 가치 있을 수도 있다는 점을 인정한다. 나 역시 그런 시간을 통해 기자로 성장할 수 있었다. 그러나 기후위기 시대를 맞아 기자로서 기후, 에너지, 동물권 등의 문제를 다루게 되면서 기존의 틀을 깨지 않고서는 아무것도 할 수 없다는 생각이 들었다. 그러다 보니 내 앞에 놓인 험난한 길을 스스로 개척해 나가야 할 운명이라는 것을 깨닫게 되었다.

당연히 한국 사회에는 환경 문제를 바라보는 다양한 시각과 관점이 존재한다. 환경을 고려하다 보면 눈앞에 보이는 이익을 잠시 미뤄둬야 할 수도 있고, 장기적 관점으로 투자를 해야 할 때도 있다. 그렇기 때문에 중요한 문제를 결정할 때 환경 문제를 얼마나 고려할지에 관한 사회적인 합의가 필요하다. 언론사 역시 이러한 한국 사회의 축소판이라서 기사를 통해 새로운 제안을 하거나 새로운 관점을 제시할 때마다 부담과 비판이 뒤따른다.

실제로 환경에 관한 이야기를 하는 것 자체가 사회의 공고 한 체제와 맞서는 도전이었다. 환경 문제를 깊이 들여다보고 고민할수록 지금 나의 편안하고 안락한 삶을 통째로 포기해야 한다는 무거운 결론에 다다르곤 했다. 이 때문에 한 활동가는 기후운동이 과거로 치면 독립운동이자 민주화운동이 아닌가 생각한다고 말하기도 했다. 일면 동의할 수 있지만 사실 우리는 독립운동과 민주화운동에 나섰던 앞선 세대의 투쟁가들과 비교하면 너무 편안한 삶을 영위하고 있는 것 같다. 나는 단지 한 명의 지구인으로서 언제나 환경 문제에 관심을 갖고 변화를 꿈꿔왔을 뿐이다. 그리고 나는 환경 문제를 다루는 기자를 다른 영역의 기자들과 구분하고 싶지도 않다. 나 역시 기후활동가나 환경 전문가는 아니다. 저널리스트로서 가져야 할 자세나 덕목은 환경 기자를 포함해 그 어떤 분야의 기자더라도 크게 다르지 않다. 나는 활동가보다는 기자로서, 환경 문제에 대해 각자 다른 관점으로 사고하고 고민하는 여러 사람들과 기사를 통해 소통하고 싶다.

나는 어려서부터 환경 뉴스에 특히 관심이 많았다. 사적인 일보다는 공적인 일을 하고 싶었고 사람들에게 도움을 줄 수 있고 세상을 더 나은 방향으로 변화시키는 좋은 환경 기자가 되고 싶었다. 하지만 환경 문제는 소위 말하는 마이너 이슈로, 이러한 이슈에 관심을 가진 기자 지망생을 대부분의 언론사는 좋아하지 않았다. 또한 환경 기자는 언론사 내에서도 인기 있는 직무가 아니었다. 그래도 나는 이러한 기존의 틀을 깨며 '마이너 이야기'를 해나가고 싶었다. 지금의 회사에 입사한 이후 10년 동안을 경찰, 법조, 시청 등 전통적으로 언론의 핵심이라 여겨지는 팀에서 일하며 환경 기사를 쓸 날만을 기다렸다. 그리고 기회가 될 때마다 동물권, 기후, 에너지 등 좋아하는 분야의 기사들을 쓰려고 노력했다. 결국 2020년 봄, 회사는 한국 언론 최초로 환경과 과학, 기상 분야를 중심으로 기후와 관련한 경제산업과 정치, 문화 이슈까지를 다루는 '기후변화팀'을 신설했다. 당시 결혼을 앞두고 새 출발을 계획 중이던 나는 곧바로 두 손을 들어 기후변화팀에 자원했다. 그리고 얼마 지나지 않아 팀장을 맡게 되었다. 생물학적 나이를 고려하면 당장 임신 시도를 해도 늦은 나이였지만 남편과 합의하에 임신 계획을 미룰 만큼, 너무나 기다려온 시간이었다.

기후변화팀과 경제산업부 기자로 지낸 3년은 기자 생활 중 가장 행복한 시간이었지만 동시에 가장 외로운 시간이기도 했다. 관심 있는 주제를 마음껏 취재하고 기사를 쓸 수 있었으니 '덕업일치'를 이룬 듯 보였지만, 환경의 관점으로 쓰인 기사의 댓글창은 대부분 찬성과 반대 진영으로 나뉘어 싸우는 사람들로 난리가 나곤 했다. 그리고 그런 기사를 쓰기 위해 다른 생각을 가진 데스크(팀장 이상 관리자를 의미하는 언론계 용어)와 동료들을 설득하는 데에도 참 많은 에너지가 소모됐다. 그때마다 마음이 참 힘들었다.

사람들은 왜 환경 이야기를 하면 불편해하는 걸까. 왜 환경 이야기를 하는 이들은 외로워하는 걸까. 내게는 기사를 쓰는 일이 곧 이 질문에 대한 답을 찾는 과정이었다.

어려서부터 나를 위로하는 것은 자연이었다. 햇볕을 쬐고 바람을 맞으며 두 다리를 움직이는 순간이 나에게는 구원의 시간이었다. 나무 한 그루, 물고기 한 마리, 그리고 이들 생명을 품은 숲과 강의 존재가 경이롭고 감사했다. 지금 당장 경제적 가치로 환산하거나 정량화할 수는 없지만 자연의 가치가 매우 크다는 사실은 온몸으로 느끼고 있었다. 하지만 환경 기사를 쓰면서 사람들의 반응을 민감하게 살피다 보니, 환경 문제에 진심인 나를 이상하게 보는 이들도 있는 것 같았다. 나의 고민은 여기서부터 시작되었다.

그런 생각을 해서인지, 주변을 둘러볼수록 나를 포함한 환경 덕후들은 꽤 외로워 보였다. 지구가 아파하는 신음을 들으라며 자신의 신념을 외치는 모습이 멋있어 보이기도 했지만 외로워서 위태로워 보였다. 많은 사람들이 불편하고 귀찮아서 눈 감고 지나가는 이야기를 굳이 꺼내는 이들이 우리들이었다. 온난화를 막기 위해서는 노후된 석탄 화력발전소를 폐기하고 바람과 태양을 활용하는 재생에너지로 전환해야 하며 그 과정에서 발생하는 발전소 노동자들의 실직 문제를 해결해야 한다는 주장이 몇 년 전 환경운동가들로부터 제기되었다. 그러나 이 주장은 발전사업자뿐 아니라 노동자들로부터도 외면받았다. '예민한' 환경론자들만 생각을 바꾼다면 세상의 모든 불편한 일도 사라진다고 생각하는 이들이 꽤 있었다. 환경 이야기를 하는 사람을 인간보다 자연을 우선하는 괴짜, 환경이라는 종교를 믿는 근본주의자, 현실 감각 없는 이상주의자라 규정하고 논의 과정에서 배제해 버리거나 무시하는 경우도 종종 있었다.

내가 만난 이들 대부분이 나와 비슷한 경험을 했다. 자신의 마음을 솔직하게 이야기하면 주변 사람들이 불편해한다고 말했다. 사람들의 눈치를 보게 되고 스스로 검열을 하게 되는 일상에서 그들은 자유롭지 않아 보였다. 그래도 마음 맞는 사람들과 함께 조금씩 변화를 만들어갈 때엔 더없이 행복해 보이기도 했다. 이렇게 지구를 사랑해서 민감하고 섬세해진 외로운 사람들 덕분에 세상이 조금씩 달라지고 있다고 나는 믿는다.

나 역시 성냥갑 아파트에서 자랐고 늘 치열한 경쟁 환경에 노출되어 시간에 쫓기는 자본주의에 최적화된 인간에 불과하다. 그렇지만 어려서부터 동물을 좋아했고 동물을 이롭게 하는 녹색 생태계에 마음을 빼앗겨 환경 문제가 삶의 화두가 되었다. 나와 영 생각이 판이한 가족들을 설득하고 싶고 친구들과 동료들에게 이해받고 싶은 평범한 소시민이기도 해서, 개척자로서의 운명이 버겁게 느껴진 적도 있다. 솔직히 나는 그레타 툰베리만큼 뛰어난 사람도 아닌데, 내가 왜 이런 고생을 사서 하고 있나 생각하기도 했다. 그러나 지구 모든 생명의 안녕을 갈망하는 나의 마음이 결코 틀리지 않다는 것을 알고 있다. 그렇기에 앞으로도 그냥 내가 바라는 세상을 꿈꾸며 지금처럼 걸어가기로 다짐하면서 길었던 생각의 터널을 빠져나오는 중이다.

그동안 기자라는 직업 덕분에 행복했고 아팠다. 자세히 들여다볼수록 따뜻하고 역동적인 한국 사회를 취재하면서 보고 듣고 느낀 점이 참 많았다. 한 어미 배에서 나온 자식들도 다 생김새와 성격이 다르다. 모든 생명은 그렇게 다르다. 취재하며 만난 사람들의 생각 또한 다양했고 그 깊이도 천차만별이었다. 다양한 사람들의 생각을 엿보며 공감하고 함께 깔깔대고 또 종종 아파서 눈물도 흘렸다. 기후변화에 대한 사회의 관심이 늘어나면서 동시에 이를 부정하는 말들도 쏟아졌다. 빛이 강하면 그만큼 그늘도 짙기 마련인 것처럼, 폭풍 같은 시간을 견디며 셀럽들만 겪는다는 '기후 우울'이 내게도 다녀간 듯했다.

어쩌다 보니 글을 쓰지 않으면 안 되는 삶을 선택해 버렸다. 덕분에 말빚 가득 담은 이 책을 세상에 내는 건지도 모르겠다. 책 속에서 하고 싶었던 말을 다 할 수 있어서 행복했고 때로는 그레타 툰베리처럼 화가 많이 나기도 했다. 책에는 환경 기자로서 말을 꺼낼 때 사회에 좀 더 친절하게 말을 걸지 못한 후회가 담겨 있다. 또 환경에 별로 관심이 없는 시민들에게 제대로 말을 걸고 싶다는 소망, 당신의 이야기를 귀 기울여 듣겠다는 나의 다짐도 담겨 있다. 홀로 고민하다 술을 마시면서, 혹은 친구나 동료, 가족들과 대화를 하다 불현듯 답을 찾곤 했던 나의 평범한 지난 일상의 기록이기도 하다.

〈한겨레〉에 2020년 7월부터 연재하고 있는 칼럼 〈최우리의 비도 오고 그래서〉와 자유로운 칼럼형 글쓰기를 표방하며 개설했던 기명 기사 〈최우리의 별 헤는 지구〉를 쓰면서 처음 이 책을 기획했다. 동물권을 다루는 부서 '애니멀피플팀'

에서 일하면서, 또 기후변화팀과 경제산업부에서 기후변화와 에너지 분야를 취재하면서 고민한 지점들을 함께 엮었다. 2008~2009년 서울환경운동연합 활동가로 일했을 당시의 기억도 되살렸다. 나는 아직 전문성이 없는데, 주변에서 환경 전문 기자로 불러준 덕분에 환경 문제를 고민하거나 적극적으로 발언할 기회도 많았다. 그렇지만 그 고민들을 친절하게 풀어본 적은 없는 것 같아 이번 기회로 다시 풀어보려 했다.

기자로서 내가 요즘 주목하고 있는 것은, 한국 사회에서 환경 문제를 둘러싼 사회적 인식 수준과 갈등 양상이 전과는 달라지고 있다는 점이다. 코로나19 팬데믹 상황은 목소리를 낮추고 숨어 지내던 우리에게는 기회였다. 전 세계적 재앙을 겪으며 쓰레기 문제가 수면 위로 올라왔고 여기저기에서 지구를 대변하는 목소리가 터져 나왔다. 숨어 있던 환경 덕후들도 다시 집결하고 목소리를 내기 시작했다. 환경 문제를 지적하면 불편해하거나, 철모르는 한심한 소리라고 무시하거나, 옳은 소리지만 현실적으로 가능하지 않다며 입을 막아버리는 이들을 위협할 정도로 시민들의 지지가 늘었다. 사실 아직도 실감이 나지 않는다.

사람들이 환경의 가치에 눈을 뜨게 되면서 수십 년 동안 무

책임하게 벌여놓고 방치되어 왔던 각종 환경 문제가 일순간 드러나고 있다. 여러 문제들이 복잡하게 얽혀 있어 당장 해답을 찾기도 어렵다. 당연히 세상 사람들 모두가 같은 생각일 수도 없고 그럴 필요도 없다. 특히 환경 문제를 깊이 들여다볼수록 하나의 답을 외치기가 어렵다는 것을 매번 느낀다. 환경의 소중함을 강조한다고 해도 그것만으로는 더 많은 사람들의 지지를 받을 수 없다. 경제산업의 논리를 이해하고 노동, 복지 등 다른 사회 문제를 함께 고려하면서 환경 문제에 다각도로 접근하려는 지혜가 필요하다.

복잡하게 얽힌 딜레마 상황을 칼로 무 자르듯 단칼에 해결하는 정답은 없다. 그래도 이러한 상황을 마주했을 때 더 슬기롭게 대처할 수 있도록, 이 책이 당신의 마음 근육을 기르는 데 도움이 된다면 좋겠다. 지금까지는 무엇이 문제인지를 수면 위로 드러내는 일에 집중했다면 이제부터는 어떻게 이 문제를 풀어갈 것인지를 고민해야 하는 시점이다. 이 책이 그런 고민의 실타래를 풀어가는 데 작은 도움이 된다면 좋겠다.

특히 앞장서서 환경 문제를 말하다가 외로워진 이들, 환경 문제를 말하고 싶지만 방법을 모르는 이들, 자연이 가진 경제적 가치에 눈을 뜬 이들, 동물을 사랑하다 병이 나버린 이들, 또는 환경 문제에 관심이 있지만 어디부터 어떻게 풀어가야 할지 혼란스러운 이들이 이 책을 읽으며 아팠거나 외로웠거나 충만했던 순간들을 떠올릴 수 있다면 좋겠다.

생태, 기후, 에너지, 동물권 등 녹색의 가치와 관련한 문제들을 둘러싸고 얽혀 있는 실타래를 하나하나 풀어가기 위해서는 지금보다 많은 시민들의 지지가 필요하다. 나의 부족한 생각들이 독자들의 마음속 전구에 초록불을 켜주는 역할을 할 수 있다면, 그래서 우리의 마음이 서로 통할 수 있다면 나 역시 참 행복할 것 같다.

CONTENTS

2부

동그라미를 그리는
환경 문제

3부

다른 존재가
말을 걸 때

4부

우리가 마주칠
녹색의 딜레마

EPILOGUE

에코한 우리, 외롭지 않다

1부

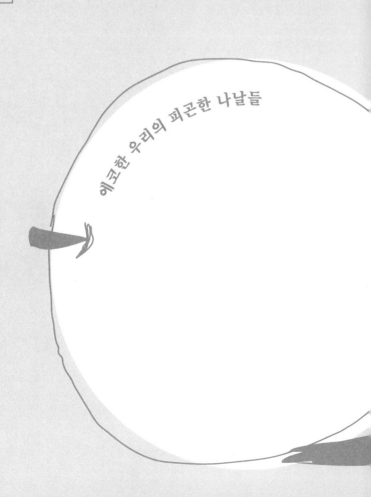

예쿄한 우리의 피곤한 나날들

1

우애 있는 신혼부부의
이유 있는 기 싸움

수도권에서 코로나19 2차 유행이 시작된 2020년 8월 결혼을 했다. 인생 대소사 중 하나인 결혼을 직접 겪어보니 삶의 분기점이라는 말을 실감했다. 이전 삶과는 꽤 많은 것이 바뀌었다.

애정하는 새 가정, 새 동거인이 생기면서 가정 내 지위도 달라졌다. 본가에서 어머니보다 아래에 있던 내 지위가 드디어 상승한 것이다. 그러자 책임감도 뒤따랐다. 가정의 경제와 평화와 안녕을 절반씩 나눠 짊어지고 있는 남편은 2년 넘게 한 집에서 같이 살아본 결과, 신뢰할 수 있는 사람이자 동료이다.

예를 들어 그는 성격이 급한 나의 허둥지둥을 느긋하고 평화로운 성격으로 감싸준다. 갈등 상황에 봉착했을 때 이마에 힘줄이 튀어 오르며 파르르 몸을 떨고 감정이 다 드러나는 나와 달리 차분하고 현명하게 상황을 해결하기 위해 노력하는 점이 특히 그렇다. 나에게도 내색하지 않고 혼자 어지러운 마음을 삭이는 모습을 보면 존경하는 마음까지 샘솟는다. 나는 정말 남편의 많은 것을 좋아하고 존중한다. 다만, 에너지나 자원을 절약하기 위한 나의 실천에 동참해 준다면 더욱 많이 사랑할 수 있을 것 같다.

내 나이만큼 오래된 재개발 예정지의 엘리베이터도 없는 저층 아파트 꼭대기 층에 살다 보니 삶은 참 불공평하다고 자주 생각한다. 그럴 때면 나는 내가 얼마나 행복한 사람인지를 떠올리려 한다. 일종의 최면을 거는 시간이다. 비가 많이 오는 날이면 옥상과 이어진 베란다 천장으로 비가 새지만, 아담하면서 친환경적이기까지 한 이 집에 마음을 빼앗겨 버린 첫 순간을 떠올리면 되는 것처럼. 까짓것 베란다 천장에서 새는 물이야 화분을 받쳐주면 그만이다. 나는 자연을 가까이 느끼게 해주는 나만의 '친환경 하우스'가 꽤 마음에 든다.

다만 정말 아쉬운 점 하나는, 오래된 아파트이다 보니 건물 자체가 에너지를 절약하고 싶은 내 마음을 실현해 주지 못한다는 점이다. 각종 설비가 노후되다 보니 아무래도 버려지는 에너지가 많을 수밖에 없다. 오래된 아파트치고는 단열이 잘되도록 수리를 마친 집이지만 한국의 동절기는 생각보다 강력해서 어쩔 수 없다. 집 안 공기나 바닥 장판이 금세 썰렁해지기 때문에 데우고 식히는 데 에너지가 꽤 많이 필요하다.

나는 집 안에 있을 때에도 수면 양말이나 실내용 슬리퍼를 신고 솜패딩을 입거나 가디건을 걸치고 생활한다. 왜 그렇게까지 사서 고생을 하게 되었냐는 질문에 답을 해보자면, 딱히 이유는 없다. 어려서부터 그냥 그랬다. 아주 못살지도 않았고 아주 잘살지도 않았지만 난방비가 많이 나가는 게 아까웠던 것도 같다. 상대적으로 저렴한 전기 요금과 수도 요금도 절약하는 것이 습관이 되어 익숙하다. 자연광이 비치는 낮에는 전등불을 잘 켜지 않는다. 스탠드나 촛불을 켜두는 것도 좋아한다. 늦은 밤의 깜깜한 어둠이 아닌 밝은 한낮의 빛은 평온함을 가져다줄 것만 같다. 양치할 때도 물을 틀어놓지 않고, 양동이에 물을 받을 때도 버려지는 물이 없도록 딴짓하지 않고 앞에서 기다리는 편이다. 사회생활을 하고 직접 내 손으로 돈을 벌게 되면서 내 힘으로 절약할 수 있는 것들을 포기하는 게 아깝다는 생각이 더욱 커진 것 같다.

남편과 나는 한 번 사는 인생 남에게 피해만 주지 않는다면 스스로의 행복을 위해 노력하는 것이 좋다고 생각하는 점이 닮았다. 그렇지만 이 집에 살면서 남편과 나는 여러 차례 부딪혔다. 남편은 절약을 중요하게 생각하는 나와 달리, 행복해지는 방법의 하나로 세상에 나온 기술과 자원을 잘 사용하는 것을 꼽기 때문이다. 불편함을 기술로 극복하는 것은 인간만이 누릴 수 있는 현명한 삶이라고 내게 누누이 강조한다. 그러면서 따뜻한 온돌과 난방 기능처럼 발전된 기술을 이용하는 것이 인류의 진보를 가능하게 했다고 주장한다. 특히 남편은 어둠이 싫다고 했다. 유럽 사람들이 주로 사용하는 노란 등보다는 밝고 하얀 등을 선호하고, 사람도 밝은 사람을 좋아했다. (그런데 왜 어두운 나와 결혼했니?) 그러니 집 안도 항상 밝고 환해야 기분이 좋아진다는 논리였다. 그나마 사람이 없는 방에 켜둔 형광등을 잘 끄는 편이고 쓸데없이 틀어놓은 물은 꼼꼼하게 잠그는 편인 듯하지만, 덥고 추운 것은 조금도 참지 못한다. 옷을 입혀주고 양말을 신겨줘도 거추장스럽다며 벗어버린다. 그리고 자신의 몸을 외부 기온으로부터 보호해 줄 실내 난방은 포기할 수 없다고 강조한다. 침대 생활을 하기 때문에 잘 때는 굳이 바닥 온돌 기능이 필요해 보이지 않는데도 빵빵한 난방 효과를 보고 싶어 하는 눈치다.

그럴 때마다 나는 남편에게 거짓말을 한다.

"응, 난방 아까 켜뒀어."

물론 내가 한겨울에도 난방 사용을 원천 봉쇄하는 독한 아내는 아니다. 다만 나의 경우 매일 기상청이 제공하는 날씨를 확인하고 출퇴근길에 직접 기온을 체감하기 때문에, 집 안에서도 좀 더 두툼한 홈웨어로 버틸 수 있는 평년 기온 정도의 날씨라 여겨지면 남편이 켜둔 난방 스위치를 몰래 끈다. 그러면서 소파에 앉아 텔레비전을 보는 남편에게 담요를 덮어주거나 양말을 신으라 한다. 물론 바닥이 따뜻해지지 않음을 눈치챈 남편은 10여 분 후면 나의 거짓말을 넉넉히 알아챈다. 그러면서 사람이 쓸 때는 써야 한다, 감기 걸려서 아프면 돈이 더 나간다며 잔소리를 한다. 아침에 침대에서 내려와 발바닥이 바닥에 닿았을 때 차가운 느낌이 싫으니 온돌을 끄지 말라고 진지한 목소리로 경고하기도 한다. 물론 싸우기 싫은 나는 그에게 네가 다 맞는다고 해준다. 하지만 여전히 남편의 주장이 썩 와닿지는 않는다. 남편에겐 야속하지만 나는 앞으로도 몰래 난방 끄기를 계속할 생각이다.

따뜻하고 쾌적한 주거지에서의 생활은 모든 이들이 바라는 기본적인 삶의 조건이다. 남편만의 바람이 아니다. 나 역시 그렇다. 그러나 서로가 느끼는 따뜻함과 쾌적함의 기준은 다를 수 있다. 그럴 때는 서로 맞춰가려는 노력이 필요하다. 특히 에너지는 한정된 자원이기 때문에, 사용해야 할 때는 귀찮더라도 생각을 해봐야 한다. 누군가에게는 편안한 일상을 위한 필수재일 수도 있지만, 나와 비슷하게 낭비이거나 불필요하다고 불편함을 느끼는 이들도 있다. 나는 사람마다 다른 생각을 할 수 있다는 것을 넉넉히 인정하지만 결국 서로 영향을 주고받을 수밖에 없기에, 참을 수 있는 불편함의 정도와 환경에 대한 생각이 어떻게 다른지, 각자 가진 기준의 차이에서 소통을 시작해야 한다고 생각해 왔다.

기후변화로 여름이 길어지면서 10월 한낮 기온이 20도에 육박한다. 11월까지도 모기가 살아 있어 깜짝 놀랄 때도 있다. 가끔 10월 한파가 찾아오기도 하지만, 일교차가 심한 환절기답게 보통 낮에는 겉옷을 벗고 생활한다. 10월의 그날도 한낮이 되자 어느새 쌀랑했던 바람은 사라지고 포근한 가을볕이 내려앉고 있었다. 아침에 입고 나온 외투를 벗어 들고 가을 햇볕을 맞으며 노곤해하던 찰나, 환경과 에너지 문제를 연구하는 한 교수님이 전화를 걸어왔다.

"이렇게 포근한 한낮에도 구청에서 온돌 의자를 가동해야 할까요?"

오랜만에 연락을 해온 전문가가 대뜸 진지한 질문을 한 이유는 이러했다. 지방자치단체마다 주민 복지와 편의를 위해 제공하는 동네 버스정류장 의자의 '엉따'(엉덩이를 데워주는 온돌 기능)가 벌써 작동하고 있다는 제보였다. 해당 자치구에 문의해 보니 '실외 기온이 18도 이하인 날' 자동으로 작동하도록 설정해 두고 있다고만 했다. 그날 아침 기온이 18도보다 낮아서 자동으로 작동을 시작했을 거라며, 기온이 올라가면 자동으로 꺼질 것이라는 설명과 함께 아직 잔열이 남아 있어 그런 것 같다는 해명을 덧붙였다. 지자체가 시민을 생각하는 마음만은 고맙지만 나는 가을철 엉따까지는 그다지 필요하지 않다고 생각한다. 더욱이 지금은 에너지 부족으로 인한 '에너지 위기' 시대가 아닌가.

나는 이럴 때마다 환경 문제를 고민하고 이를 실천하는 삶이 얼마나 힘든 것인지를 다시금 느낀다. 한국 시민들의 환경 인식은 이미 높아졌고, 에너지 절약을 해야 한다는 당위성에 공감하지 않는 시민은 극히 드물다. 하지만 막상 사적, 공적 영역에서의 실천은 고려해야 할 사항이 많기 때문에 그리 단순한 문제가 아니다. 엉따를 비롯한 여러 편의시설과 정책들은 복지 서비스의 일환으로만 논의된다. 하지만 시민들은 이를 두고 한정된 자원인 에너지의 분배 문제를 고민하고 그동안 누려온 삶의 편안함을 어떻게 조절할 것인지 질문해야 한다. 그리고 그 논의의 기준을 마련하는 것이 사회에 맡겨진 역할이자 과제일 것이다.

자치구 홍보담당자는 기자의 취재에 난처해하며 가을부터 엉따 기능을 빨리 작동해 달라는 시민들의 민원이 빗발친다고 답했다. 사랑하는 남편이 집 안의 난방 기능을 애타게 구하는 것이나 엉따 기능을 요구하는 시민들의 바람이 반환경적이고 비정상적인 것은 아니다. 누군가는 그들의 부족한 인내심을 탓할 수 있겠지만, 나는 그들을 욕하고 싶지 않다. 시민들 엉덩이에 온기를 느끼게 해주지도 못할 만큼 한국 사회가 야박하길 바라진 않는다. 다만, 시민의 편의를 고민하면서 우리를 먹이고 살리는 지구에 대한 고민도 함께 한다면 더 좋을 것 같다.

구청에서 엉따 기능을 동절기 실외 기온이 영상 10도 미만일 때만 가동한다면 어떨까. 급격한 한파로 환절기에도 이를 가동해야 한다면 낭비되는 열이 없도록 자동으로 온도 변화를 감지하고 작동을 조절하는 기술을 찾거나 개발해야 할 것이다. 공공에서 에너지 절약과 효율을 고민하고 이에 맞는 정책을 실행할 수 있어야 시민들도 에너지가 한정된 자원이라는 인식을 갖게 되고 이들의 에너지 절약 실천을 유도할 수 있다.

공사 구분이 확실한 남편은 이 글이 세상에 공개되면 분명 나를 비웃을 것이다. 부부 싸움을 할 때마다 남편은 '환경 기자가 이래도 되느냐'며 나의 부정직함과 부도덕함을 세상에 폭로하겠다며 나를 공격한다. 그러나 나 역시 전근대적인 삶으로 돌아가자고 말하는 근본주의적이고 이상주의적인 사람은 아니다. 고백하건대, 남편 말대로 나는 철저하게 자본주의 사회에 익숙해진 도시인이다. 하지만 동시에 녹색 안경을 끼고 또 다른 길이 있지 않을까 고민하는 사람이기도 하다.

남편이 꼽은 나의 단점 하나는 (여러 개이겠지만) 24시간 가까이 노트북을 켜놓고 생활한다는 점이다. 변명을 하자면, 오전 9시에 출근해 저녁 6시에 퇴근하는 삶이 아니다 보니 노트북과 핸드폰을 항상 접속이 가능한 상태로 두어야 불안함을 느끼지 않는 지경에 이른 것이다. 나는 명백한 산재라고 항변하고 싶다. 그래도 저연차 기자일 때는 순수했다. 종종 토요일 당직을 서기 위해 회사에 들어가면 아무도 없는 빈 편집국에서 홀로 환한 빛을 내고 있는 모니터를 보고 분노했다. 모니터를 홀로 남겨둔 주인인 몇몇 간부들의 이름을 적어두고 에너지 낭비의 주범이라고 생각했다. 회사 안 쓰레기통에 버려진 재활용 쓰레기들을 보며 구청에 신고할까도 생각했고 총무팀에 여러 차례 자원 재활용 방법을 찾아달라고 요청하기도 했다. 그런데 시간과 일에 쫓기다 보니 어느새 나도 그들처럼 나의 편리함을 우선으로 생각하고 있었다. 다행히 나는 일을 줄이면서 업무 시간이나 작업 시간 외에는 노트북 전원을 바로 끄는 삶으로 돌아오고 있다. 하지만 지금도 환경 기자인 나의 반환경적인 생활 속 모순은 끊임없이 주변인들에게 발견되고 있다.

2

택배 없이 못 사는 도시인의 플라스틱 일기

코로나19라는 신종감염병이 전 세계를 집어삼켰던 2020년은 생활에서 환경운동 실천의 중요성이 다시금 강조된 해였다. 그동안 당연하게 여겨졌던 것들이 더는 당연하지 않게 되었고, 시민들은 또 다른 삶의 방식을 요구받았다. 만원 지하철에 몸을 구겨 넣으며 출근하던 나는 더 이상 사람들과의 접촉을 무던하게 넘길 수 없게 됐다. 마음만 먹으면 옆에 앉은 기자가 무슨 일을 하는지 훔쳐볼 수 있을 만큼 가까운 거리에서 몸을 부대끼며 일하던 기자실에도 더는 머물 수 없었다. 모르는 사람과 등을 맞대고 침 튀기게 이야기하면서 하루의 피로를 풀어내는 도시인의 루틴은 그렇게 예상하지 못한 방식으로 깨어졌다. 나는 고등학생 때처럼 눈 뜨자마자 방한쪽 책상에 올려져 있는 노트북을 켠 뒤 망부석처럼 앉아 하루 12시간씩 재택근무를 했다.

나뿐 아니라 모든 사람의 일상이 달라졌다. 사람들은 비대면, 비접촉 삶의 방식에 점점 익숙해졌다. 마트에서 사 온 식품과 배달앱으로 주문한 음식으로 끼니를 해결했고 더 위생적이라고 여겨지는 일회용품을 자주 사용했다. 그러다 보니 사람들은 스스로 만들어내는 오만 가지의 쓰레기에 눈을 뜨기 시작했다. 출판된 지 몇 년이 지난 탈쓰레기, 탈플라스틱 관련 책이 다시 베스트셀러에 올랐고 건강권과 환경권에 대해 주로 말하던 생활협동조합들은 쓰레기 문제를 자각하면서 기후운동을 시작했다. 특히 상대적으로 지구를 덜 더럽힌 10~20대 젊은 세대가 가장 먼저 민감하게 반응했다.

나는 나름대로 자타공인 에코한 대학생, 직장인이었다. 카페에서는 일회용 컵 대신 텀블러를 쓰려고 하고 빨대는 아예 쓰지 않는다. 가방엔 늘 장바구니와 손수건이 들어 있다. 환경에 마음을 빼앗긴 이후 만든 아이디이자 지금 기자 이메일 주소기도 한 'ecowoori'(에코우리)에도 그런 의미를 담았다. 에코하게 살겠다, 내 인생의 화두는 환경이라는 나와의 약속과 같았다. 그러나 기자가 된 뒤 육식과 술과 사회의 욕망에 고스란히 길들여진 삶을 이어나갔다. 어느 날 이런 삶을 사는 내가 에코우리라는 이메일 주소를 쓴다는 것이 너무 부담되어서 회사에 이메일 주소를 바꿀 수 있는지 문의해 본 적도 있다. 이제 와 바꿀 수 없다는 말에 그냥 운명처럼 받아들이기로 했다. 에코 우리는 이제는 바꿀 수 없는 나의 정체성이 되었다.

하지만 나는 늘 반문하고는 한다. 이렇게 살아도 되는가. 전혀 에코한 삶을 살고 있지 않다는 자괴감이 드는 날이 하루 이틀이 아니다. 코로나19 3차 유행이 확산되던 2020년 12월부터 두 달간 서울환경운동연합이 기획한 온라인 실천 캠페인 '플라스틱 일기'에 참여했을 때도 그랬다. 참여자들은 매일 자신이 '만든' 플라스틱 쓰레기를 해시태그(#플라스틱일기)와 함께 SNS에 올렸다. 나 역시 기록을 하면서 내 삶을 확인해 보고 싶었다. 라면이나 과자를 담은 비닐 포장재, 샴푸나 화장품이 들어 있던 각종 플라스틱 통이 끊이지 않고 일기장을 채웠다.

그런데 내가 만든 플라스틱 쓰레기의 양보다도 골치 아팠던 건 바로 분리수거였다. 분리수거를 꼼꼼하게 하다 보니 'OTHER'^{아더}라고 쓰인 제품이 많았다. 모든 플라스틱 제품 표면에는 어떤 재질의 플라스틱이 사용되었는지 표시되어 있다. HDPE^{고밀도폴리에틸렌}, LDPE^{저밀도폴리에틸렌}, PP^{폴리프로필렌}, PE^{폴리에틸렌}, PS^{폴리스티렌}, PVC^{폴리염화비닐}가 표시되어 있다면 단일성분 플라스틱이 쓰였다는 뜻이다.

반면 '기타'라는 뜻처럼 '아더'는 둘 이상의 이런저런 플라스틱 성분이 섞였거나 종이나 금속이 코팅된 복합 재질을 뜻한다. 이 경우 같은 플라스틱이라도 단일성분이 아니기 때문에 재활용률이 떨어진다. 집에서 애써 분리배출해도 재활용 선별장에 갔을 때 필요한 성분만 추출할 수 없기 때문에 으레 매립되거나 소각될 운명이다.

　　석유화학 산업계를 취재하면서 플라스틱의 재활용 방법이 크게 두 가지로 구분된다는 걸 알게 되었다. 우선 단일 재질 플라스틱의 경우 알갱이 형태로 자르거나 부수어 '물리적'으로 재활용할 수 있다. 반면 오염되었거나 복합 재질의 플라스틱의 경우 열이나 압력, 촉매를 이용해 한꺼번에 분해해야 한다. 이를 '화학적' 재활용이라 하는데, 주로 기술력과 자본력이 있는 대기업들이 화학적 재활용 시장을 선도하기 위해 투자를 늘려가고 있다. 이 경우 복합 재질 플라스틱을 해결할 수 있다는 장점이 있어 보이지만, 물리적 재활용으로 만들어진 재생 플라스틱과 달리 화학적 변화를 거쳐 아예 새로운 재생 플라스틱으로 전환되기 때문에 제품의 질이 떨어진다는 평가를 받는다. 허승은 녹색연합 활동가도 아더는 선별해도 저급한 재생원료가 될 뿐이라고 지적했다. 또한 한국은 보통 일본에서 고급 재생원료를 수입해 오는데, 최근 쓰레기의 자원으로서의 가치가 높아지고 있는 만큼 경제적 효과를 누리기 위해서나 폐기물을 줄이기 위해서라도 기업들은 가급적 단일 재질을 사용해 국내 플라스틱의 재활용률을 올리는 것이 좋다고 설명했다.

문제는 플라스틱 쓰레기 중 아더가 매우 많다는 것이다. 햇반 그릇, 화장품 뚜껑만이 아니다. 머리와 몸통이 아더와 다른 단일성분으로 제각각인 경우도 많다. 분리수거를 하는 사람의 인내심이 필요한 것이다. 예를 들어 치약 뚜껑은 PP이지만 치약 몸체는 아더인 식이니 분리수거할 때 이를 나눠 담아야 재활용 선별장에서 추가 분류 작업을 거치지 않을 수 있다. 집안에서 분리수거를 담당하고 있다는 한 동료 기자는 개인에게 분리수거를 강요하는 사회의 부조리함에 분노해야 한다며 분리수거를 할 때마다 짜증이 난다고 했다. 나는 분리수거가 짜증날 정도는 아니었지만, 왜 집에서 내다 버리는 비닐의 상당수가 아더인지 궁금했다. 라면 봉지, 과자 봉지, 아이스크림 포장 비닐이 죄다 아더였다. 생수병 라벨, 테이프 포장지는 PP인데 왜 식품 포장지들은 하나같이 아더일까.

한국 최고의 쓰레기 박사인 홍수열 자원순환사회경제연구소장에게 물어보니, 식품을 안전하게 보관, 유통하기 위해 산소 투과를 막는 필름 등을 추가하다 보면 결국 포장 재질이 아더로 분류된다고 설명했다. 당연히 식품 포장은 그 기능성도 중요하기 때문에 이를 바꾸긴 어려울 것이다. 하지만 어쩔 수 없이 아더가 된 플라스틱이 많다면? 홍 소장님은 한국의 경우 유독 아더 분류가 많은 것이 문제라고 꼬집었다. 99퍼센트가 단일성분이어도 1퍼센트만 다른 플라스틱이 섞이면 아더로 분류하기 때문에 재활용률이 떨어진다는 것이다. 다른 나라처럼 가장 많이 사용된 대표 플라스틱 재질을 앞세워 단순하게 표기하면 버려지는 플라스틱을 줄이고 재활용률을 높일 수 있다는 조언도 덧붙였다. 아더로 분류되면 어떤 재질인지 알 수 없어 그냥 버려지지만, 특정 플라스틱으로 인정된다면 선별해 가능한 경우 재활용할 수 있기 때문이다.

그보다 앞서 필요한 것은 물론 기업이 제품 생산 단계부터 재활용을 염두에 두는 것이다. 아직 자연으로 모든 것을 되돌리는 플라스틱 생분해 기술은 불완전하다. 당장은 재활용 선별장에서 버려지는 쓰레기를 줄이려는 노력이 더 중요하다.

환경단체들은 주로 민간 위탁인 재활용 선별장을 공공에서 직접 운영해야 한다고 입을 모은다. 손으로 직접 분류하는 작업이 불가피한 선별장 특성상 많은 인력이 필요한데, 영세한 업체들이 다수이다 보니 재활용이 가능한 것도 자연스레 그냥 버려지는 경우가 많다고 한다.

2023년 2월 기준 서울특별시 25개 자치구 중 15개 자치구에서 공공 선별장을 운영하고 있고, 그중 직영은 강북구 한 곳이다. 나머지 열네 곳은 공공 선별장이지만 민간 위탁으로 운영되고 있다. 김현경 서울환경운동연합 활동가의 말을 빌리자면, 민간 위탁 선별장 중 5인 미만 사업장이 45퍼센트 이상으로 영세했다. 실질 재활용률을 높이려면 이들 시설을 공공에서 직접 운영해 환경을 개선하고, 선별 작업 이전 반입량이 아닌 최종 선별 작업 뒤의 결과물로 선별장을 평가해 지원해야 한다.

분리배출을 하며 또 고민스러웠던 건 라벨이었다. 분리배출을 의무화하고 있는 투명 페트병은 재활용률이 가장 높은 양질의 플라스틱이다. 환경부는 불투명한 막걸리병이나 음료수병도 2021년부터 투명하게 바꿔가기로 했다. 이렇게 자원 가능성이 높은 투명 페트병의 분리배출을 좌절시키는 것이 바로 벗겨지지 않는 라벨이다. 접착제로 붙여놔 잘 떨어지지 않고 어렵사리 뜯어내면 지저분한 라벨 흔적이 덕지덕지 남는다. 재활용의 질을 떨어뜨리는 강력한 요인이다. 막걸리를 즐겨 마시는 나는 평소 라벨이 벗겨지지 않던 막걸리 제품에 대해 문의했다가, 회사 쪽 설명을 듣고 더욱 황당했다. 회사는 "열알칼리성 분리접착제를 사용해 재활용 우수 등급을 받았다"고 말했지만, 정작 이 라벨 자국이 80도의 높은 온도와 수산화나트륨에 의해서만 지워질 수 있다는 뜻으로 분리배출 효과가 낮다는 말이었다. 생산 단계부터 자원 재활용까지 고려하는 사업자가 많아질 수는 없을까 하는 생각에 안타까웠다.

라벨이 껌딱지처럼 딱 붙어 있는 약통도 애물단지였다. 대형 마트에서 과일을 담아 파는 투명 플라스틱 상자에 붙은 가격 라벨도 마찬가지였다. 수입 과자의 경우 제조업체가 붙인 상표 라벨은 통에서 손쉽게 떨어졌는데, 정작 수입업체가 붙인 원산지표시 라벨은 따뜻한 물로 불려도 잘 떨어지지 않았다. 반면 페트병에 라벨을 접착하지 않고 팽팽하게 둘러 당긴 뒤 라벨끼리만 붙여놓거나, 아예 라벨 없이 출시된 페트병 제품을 버릴 때는 그렇게 기쁠 수가 없었다. 환경부는 재활용 난이도에 따라 재활용 등급 기준을 최우수·우수·보통·어려움 4단계로 나누고 있다. 라벨이 벗겨지지 않는 등의 이유로 '어려움' 등급을 받은 제품은 표면에 등급을 의무적으로 표기하도록 했다. 표기도 좋지만, 그보다 실제 변화를 유도할 정책들이 더 필요하지 않을까.

플라스틱 일기를 쓰면서 내가 느낀 첫 번째 감정은 나는 전혀 에코하지 않다는 깨달음이었다. 스스로 에코하다고 생각하는 나 역시 플라스틱 쓰레기를 정말 많이도 내다 버리고 있었다. 일종의 '현타'(현실 자각 타임)가 왔다. 그리고 기업이 왜 이런 포장재를 써야 했는지 의문을 가졌고, 그 이후에는 다른 방법은 없는지 기업과 정부의 역할에 대해 고민해 볼 수 있었다.

플라스틱 일기는 나만의 것이 아니었다. 당시 나와 함께 플라스틱 일기를 쓴 사람은 4956명이었고, 같은 해시태그를 단 인스타그램 게시물만 3만 개가 넘었다. 마치 남의 일기를 베껴 쓴 것처럼 같은 내용이 많았는데, 모두 동일한 깨달음의 과정을 겪었다는 뜻일 것이다. 우리는 일기를 쓰며 플라스틱 문제의 심각성을 더욱 잘 알게 됐고, 이를 해결하기 위해 적극적으로 행동하겠다고 다짐했다. 캠페인을 진행한 오신혜 서울환경운동연합 활동가는 동물을 착취하는 패션의 잔혹함에 대한 인식이 확산되면서 모피 소비가 줄어들었듯, 플라스틱 사용이 공동체에 해를 끼칠 수 있는 행위라는 부정적 인식이 늘어나며 변화의 조짐이 보이는 듯하다고 말했다.

시민의 자발적 참여가 탈플라스틱 시대를 열 수 있을까. 2년여가 지난 지금 돌아보니 세상은 느리지만 조금씩 달라지고 있는 듯하다. CJ제일제당에서 스팸 포장에 쓰이던 플라스틱 뚜껑을 수거했고, 매일유업에서 우유 제품에 붙어 제공되던 플라스틱 빨대를 없앴다. 이처럼 다수의 기업이 '플라스틱 프리' 선언을 하고 있다. 모두 시민들의 자발적 의지 덕분이었다.

나는 폐기물 재활용 문제를 들여다보는 것이 환경 문제를 인식하기에 가장 손쉬운 길이라고 생각한다. 잘 가꿔진 도시에서 환경 문제로 인한 불편함을 느낄 일은 드물다. 그러나 플라스틱 재활용의 세계를 만나고 나면, 내가 이렇게 많은 플라스틱 쓰레기를 만들어내고 있으며 쓰레기 때문에 누군가 힘들게 일해야 한다는 사실을 깨닫게 된다. 또 스스로 노력해 쓰레기를 줄이고 나면 내가 무언가를 바꿀 수 있다는 효능감도 느낄수 있다. 이처럼 플라스틱 문제를 통해 환경 감수성이 확대되는 흥미로운 변화가 진행 중이다. 나는 이런 변화가 벅차게 반갑다.

플라스틱 중독 도시인으로서 이런 글을 적어도 될까 잠시 고민했지만 그래도 내 탓만 할 수는 없다. 솔직히 나는 한국 사회에 만연한 서비스 정신이 일회용품 쓰레기 천국을 부른 것은 아닐까 생각한다. 과도한 친절은 베풀지도 받지도 않았으면 한다. '손님이 왕'이라는 말도 나는 이제 '산업화 시대'만큼이나 수명이 다한 쉰 소리라고 생각한다.

몇 년 전 가을, 영국 런던으로의 출장길이었다. 정신없이 하루하루 살다 보니 역시 비행기에 몸만 싣고 수천 킬로미터를 날아와 버렸다. 하루의 시작과 끝을 인간답게 만들어주는 화장품과 치약 등 생활필수품을 전혀 챙겨 오지 않았다는 것을 뒤늦게 깨달았다. 숙소 인근에 있는 부츠(한국의 올리브영과 비슷한 생활용품을 판매하는 가게)에서 새 제품을 사기로 했다.

로션과 치약을 사려던 나는 당황하지 않을 수 없었다. 진열대에 올라온 상품이 새 상품인지 아닌지 확인할 길이 없었기 때문이다. 한국에서처럼 포장이 뜯어지지 않은 새 상품이 있어야 하는데 포장된 상품을 찾아볼 수 없었다. '아니, 한국에서는 직접 써볼 샘플도 있고, 뒤편으로는 비닐 포장 된 새 제품이 줄서 있는데 선진국이라면서 왜 소비자의 마음을 읽지 못하는 건가' 하는 불만이 솟구쳐 올랐다. 의심 많은 소비자인 나는 한참을 제품 앞에 서 있다가 진열대 가장 깊숙한 곳에 들어 있던 로션을 집어 들었다. 열어보니 다행히 사용감이 없는 새 상품 같았다.

비싸지 않은 제품이기 때문에 포장을 하지 않은 걸까도 의심해 봤다. 그런데 좀 더 비싼 가격대의 제품을 판매하는 가방과 지갑 가게에 갔을 때도 반듯한 상자에 포장된 새 제품을 산 적은 없었다. 토종 한국인인 나는 외국의 상점에 진열된 물건들을 볼 때마다 '포장 참 대충 했네'라고 생각했다. 수년 동안 혼자 이런 생각을 묵혀두었는데, 최근 탈플라스틱 운동과 제로웨이스트 문화가 확대되며 실은 한국의 소비문화에 어떤 불편함이 있었다는 사실을 깨닫게 됐다.

결혼한 뒤 직접 살림을 하게 되자 일상생활에서 느끼는 불편함은 더 심해졌다. 결혼 이전, 가정 내 쓰레기 처리는 내 몫이 아닌 엄마의 몫이었다. 그래서인지 가격과 상품의 질이 중요한 소비의 기준이었다. 그러나 이제는 쓰레기 배출을 생각하지 않을 수 없다. 역시 제 손으로 치워봐야 안다는 엄마의 말이 맞았다.

집 근처 대형 마트의 포장된 채소를 사지 않는 이유도 마찬가지이다. 채소를 듬뿍 넣어 요리하는 걸 즐기고, 각종 나물 요리를 좋아하지만, 양과 포장 상태 때문에 마트에서는 채소를 구입하지 않는다. 우선 포장된 제품 대부분이 일주일에 요리라고는 한두 번밖에 안 하는 2인 가구가 먹기에 양이 너무 많다. 지구 반대편에는 식량이 부족해 목숨을 잃어가는 지구인이 아직도 너무 많은데 힘들게 조리한 음식을 설거지통에 버리거나, 냉장고에서 썩게 하고 싶지 않다. 그렇다고 1~2인 가구를 위해 소분해 포장된 제품을 사기도 꺼려진다. 간편하고 깨끗하다는 장점은 있지만 대체로 포장이 과하기 때문이다. 깔끔하게 비닐로 겹겹이 포장된 채소들을 보면 채소를 대신해 내 숨이 턱 막히는 것 같다.

그나마 한 끼용으로 간단하게 비닐 포장 되어 판매하던 990원짜리 깻잎마저 나를 배신했다. 원래 얇은 비닐 한 장에 담겨 있었는데 얼마 전부터는 플라스틱 트레이에 담겨 나오기 시작했다. 며칠 전에도 대형 마트 앞을 지나다가 '오늘 요리에는 깻잎이 필요한데 동네 슈퍼까지 가자니 언덕을 넘어 반대 방향으로 10분 이상 걸어가야 하는데 어떡하지' 하고 고민하다 가 결국 그날 밤 깻잎 없는 요리를 해 먹었다. 장바구니와 야채 를 담을 통을 챙겨 가서 동네 슈퍼에서 파는 깻잎을 소량 사는 방법도 있었지만 언덕과 계단을 오르락내리락할 자신이 없어 주로 깻잎을 포기하는 쪽을 택했다.

물론 마트 깻잎이 트레이에 담겨 나오는 이유는 유통, 보관 과정에서 깻잎이 상하는 일이 많이 발생했기 때문일 것이다. 2021년 초 한 식품기업 임원은 "환경단체가 주장하듯 플라스 틱 트레이를 그렇게 쉽게 빼기가 어렵다. 유통 과정에서 제품 이 손상되기라도 하면 소비자들로부터 쏟아지는 민원을 어떻 게 감당하겠냐" 하고 되물었다. 약 반년 동안 탈플라스틱 운동 이 꾸준히 이어져 왔고, 그 결과 최근 CJ제일제당과 오뚜기 등 의 기업에서는 즉석조리식품에서 플라스틱 트레이를 빼겠다 고 선언했지만, 아직도 (불필요한) 포장으로 소비자를 안심시킬 수 있다고 생각하는 기업의 (무의미한) 노력이 계속되고 있다. 기업들이 이렇게 판단하는 배경에는 '소비자들이 싫어하는 일 은 하지 않는다'라는 자본주의 법칙의 힘이 강력하게 자리 잡 고 있을 것이다.

사실 기업은 소비자에게 제품을 대량으로 판매할 수 있는 방법을 찾아 과대 포장을 남발하면서, 이를 친절함이라 속인다. 더 저렴하게 판매하기 위해서, 유통 과정의 신선함을 보장하기 위해서, 제품의 손상을 막기 위해서 등 이유를 들며 과대 포장이 마치 소비자를 위한 배려인 것처럼 말하지만 실은 우리가 기업에 유리한 방식으로 소비하도록 유도하고 있다. 소비자가 번들 상품을 사는 이유는 하나씩 샀을 때보다 대량으로 구입할 때 가격이 더 싸기 때문이다. 라면 네다섯 개를 한 번에 담은 세트 상품이나, 질소 포장으로 빵빵해진 과자나 우유도 다시 테이핑을 하고 묶어서 번들 상품으로 판다.

그러나 이제 소비자들은 지난 수십 년 동안 불필요하고 과도하게 친절을 베풀어왔던 기업에 변화를 요구하고 있다. 코로나19로 기후위기 문제의 심각성을 깨닫고 자본주의의 한계를 쓰레기 문제에서 발견한 일부 소비자들은 새로운 사회를 원한다.

여러 개의 상품을 구입할 때도 번들 상품처럼 똑같은 할인 혜택을 제공한다면 어떨까. 그렇다면 포장 쓰레기가 줄기 때문에 묶음 상품보다 개별 제품을 여러 개 사지 않을까. 나아가 포장돼 있지 않기 때문에 장바구니와 보자기 등을 스스로 준비하게 되지 않을까. 그렇게 되면 더는 묶음 포장을 할 필요가 없을 것이다. 한 번에 많이 팔려고 하는 기업의 욕심과 귀찮은 것은 죽어도 싫은 소비자의 게으름이 과도한 포장을 부추기고 있었을지 모른다.

특히 컵라면 여섯 개 묶음 상품은 과잉 친절의 대표적 사례다. 컵라면 여섯 개는 보통 종이 박스와 비닐로 이중 포장 되어 판매된다. 이러한 과대 포장도 문제지만, 박스마다 나무젓가락이 다 들어 있다는 것을 최근에야 알았다. 컵라면을 먹을 때 물론 젓가락이 필요하지만 꼭 세트로 나무젓가락을 제공해야 할까? 과잉 친절을 베풀지 않으면 사람들은 알아서 적응하게 된다. 회사 탕비실에 개인용 젓가락을 둘 수도 있고, 주로 외부에서 식사하는 사람이라면 젓가락을 챙겨 다닐 수도 있다. 외부 행사 때 필요한 컵라면이라고 해도 그건 참여 인원만큼 나무젓가락을 따로 준비하면 될 일이다.

작은 변화만으로 무의식적으로 사용하던 일회용품을 줄여가는 사례가 점점 늘어나고 있다. 배달앱이 원하는 사람에게만 나무젓가락을 제공하도록 기본 설정을 바꾸니 나무젓가락 사용량이 줄었다고 한다. 과거에는 일회용 젓가락과 숟가락이 기본으로 제공됐지만 이제는 받고 싶은 사람이 직접 받기를 원한다고 체크하도록 바꿨을 뿐이다. 무조건 일회용품을 쓰지 말라는 것이 아니라, 꼭 필요한 사람들만 쓰자는 것이다. 코로나19 상황이 심각해지며 야외보다 집에서 밥을 먹는 일이 더 많아졌기 때문에 시민들도 큰 불편함 없이 배달앱의 변화를 수용하고 있다고 한다. 이미 친환경적 실천을 하고 있는 시민이라면 "라면을 많이 먹으면 팜유를 얻기 위해 나무를 많이 베게 될 텐데, 라면을 꼭 먹어야 할까"라는 생각까지 하겠지만, 일단은 소비자가 스스로 젓가락을 구해 컵라면을 먹을 수 있다는 생각까지는 누구나 편히 수용할 수 있어 보인다. 소비자가 왕이라는 생각을 바꾸고, 불편한 것이 곧 불쾌한 것이라는 인식을 바꾸는 것이 가장 중요하다.

이런 세상을 꿈꾸며 나는 우선 지적질을 많이 하고자 한다. 명절을 앞두고 마트에 진열된 선물 세트들도 (나아지고 있지만) 여전히 불필요한 포장이 많아 보인다. 마음을 담은 선물은 포장도 정성 들여 해야 한다는 생각이 자리 잡고 있기 때문에 불필요한 포장이 없어지지 않는 것 같다. 개인적으로 친환경적이라고 여겨지는 콩기름으로 인쇄된 종이 포장도 만약 기능적으로 필요가 없다면 쓰레기라고 생각한다. 차라리 포장 없이 선물을 주는 것이 더 좋을지도 모른다.

이렇게 지적하다 보면 제품의 대량생산, 대량유통이 기본 값이 되는 자본주의 체제가 유지되는 한 이런 포장 문화를 완전히 없애긴 어렵다는 생각을 떨칠 수 없다. 자동으로 펴지는 우산을 좋아하고 소분되어 나와 보관이 용이한 제품을 선호하는 동거인과 주변 지인들을 보면, 편리함을 포기할 수 없는 도시인들의 욕망을 기업은 고려할 수밖에 없다는 걸 자주 깨닫는다. 하지만 도시에서 살 수밖에 없는 사람들의 삶의 패턴을 바꿀 수 없다면 그 안에서 대안을 찾아야 할 것이다. 1~2인 가구 소비자가 직접 소분해서 담아갈 수 있도록 신선한 야채를 제공하는 로컬푸드 판매점이 늘어나면 어떨까. 공산품도 지금처럼 당일 퀵배송으로 전달되는 것이 아니라 시간과 비용이 좀 더 들더라도 보관과 유통 과정에 신경을 써 쓰레기를 줄일 수 있다면 어떨까. 소비자들도 이러한 느림을 수용할 수 있어야 에너지를 줄일 수 있는 방법에 대한 고민까지 뻗어나갈 수 있다는 결론에 이르게 된다. 바꿔야 할 것이 한두 개가 아니란 것을 깨닫는다. 점점 심각해지는 쓰레기 문제 속에서 발견한 것은 아무렇지 않게 흘려보낸 일상에서 놓쳐버린 다른 지구인들과의 공존법을 탐구하는 힘 그 자체였다.

내 입에 맛있으면 다
고기 육수였더라도

고백하건대, 나는 비건이 아니다. 지금까지 드러난 삶의 태도만 봐도 너무 당연해 보이는 말이었나 싶어 부끄럽다. 그래도 채식을 지향하고자 꾸준히 노력 중인 사람으로서 채식을 실천하려는 마음을 배척하거나 무시하지 않는 사회를 꿈꾼다.

처음 채식을 해야겠다고 생각한 것은 20대 초반이었다. 그때 나는 아마존의 분홍돌고래에 빠져 있었다. 관련 책을 읽으며 돌고래의 신비로움에 완전히 매료되었다. 분홍돌고래는 아마존 일대의 강에 사는 강돌고래의 일종이다. 분홍돌고래가 사실은 대부분 회색빛을 띠고 있다는 사실을 뒤늦게 알았지만 바다에서만 보던 돌고래가 강에도 살고 있다는 것이 신비로웠다. 하지만 아마존강이 개발과 남획으로 파괴되어 가면서 분홍돌고래의 개체수가 줄어들고 있다는 것을 알고 가슴 깊이 아파했던 것 같다. 그 무렵 자연스럽게 채식에 도전했다. 그러나 나 홀로 조용히 실천하는 채식은 오래가지 못했다. 대학 생활 중 친구들과 갈 수 있는 식당들은 대부분 싼 가격에 많은 음식을 먹을 수 있는 대학가 고깃집이나 고기가 들어간 덮밥집 등이었다. 지금도 개개인의 개성과 다양성을 완전히 인정하는 사회는 아니지만, 10여 년 전에는 획일화가 더욱 심했다. 그때만 해도 나는 성당 미사 시간에 봉헌금을 내러 자리에서 일어나 사람들 앞으로 걸어갈 때에도 주변 눈치를 살피던 소심한 학생이었기 때문에 당연히 아마존 강돌고래를 위해 채식을 하고 있다는 말을 밖으로 꺼낼 수가 없었다. 주목받고 튀는 사람이 되는 게 부담스러웠다. 그렇게 외부에 채식 시도 사실을 드러내지도 못한 채 내 안의 결심도 흐지부지됐다.

두 번째로 채식을 시도했을 때도 비슷했다. 기자 일을 시작하기 전 서울의 생태 문제를 진단하고 대안을 찾는 환경단체에서 상근 활동가로 첫 사회생활을 시작했다. 이전에도 언론사와 국가기관에서 계약직 근무를 했지만 국민연금과 4대보험을 내는 첫 정규직 직장을 갖게 됐다는 사실에 나의 자존감은 높아졌다. 더욱이 환경을 위해 몸과 마음을 가꿔가는 활동가들과 함께하다니 채식을 하는 것이 마땅해 보였다. 그때 채식을 하면서 이렇게 다양한 채식 요리가 있다는 사실을 처음 알았고 신세계가 열린 듯했다. 그러나 채식을 지속하기가 예상외로 쉽지 않았다. 개인의 실천과 사회의 개혁 중에 어떤 것이 더 효율적인가를 계속 고민했던 것 같다. 예를 들어 내가 채식을 하는 것과 공장식 축산업이 없어지는 것을 두고 무엇이 더 효과적인가를 고민했다. 내가 채식을 한다고 해서 사회 전체의 고기 소비량이 줄어들 것 같진 않았다. 개인의 무력함을 깨달으면서, 나 스스로도 이런 실천의 가치가 무엇인지 의심이 들었던 것 같다. 게다가 활동가 일을 그만두고 고된 언론사 취업 전선에 뛰어들면서는 이 생각조차 놓아버렸다. '없는 살림에 무슨 채식이냐'며 자존감이 바닥을 치던 어느 날 저녁, 친구들과 삼겹살에 소주를 마시며 나의 두 번째 채식 도전은 다시 없던 일이 되었다.

세 번째 채식은 신문사에 입사하고 동물권을 다루는 신생 팀에서 기사를 쓰면서 시작되었다. 까맣게 잊고 지냈던 아마존의 강돌고래가 다시 떠올랐다. 나는 그때 이 팀을 최고의 동물 뉴스룸으로 만들고 싶다는 열의에 가득 차 있었다. 당시 한국에서는 개식용 문제를 둘러싼 사회적 갈등이 첨예하게 대두되고 있었고, 나는 육견업자, 도살업자, 유통업자, 공무원, 동물단체 활동가, 소비자 등 이해 당사자들의 목소리를 다각도로 전하겠다는 포부로 가득 차 있었다. 다 함께 미래의 먹을거리를 고민해 보자는 주제로 개고기 기획 기사를 쓰다 보니, 개고기를 포함해 모든 고기를 자연스럽게 먹지 않게 됐다. 서울 서초구의 유명한 개고기 식당에 가서 개고기를 먹으며 취재를 시작해 보려 했는데 차마 먹을 수 없어서 삼계탕을 시켜놓고 괴로웠던 것 같다. 개만 먹지 않으면 그만인 걸까. 소나 돼지, 닭과 오리가 슬퍼하는 것 아니냐는 비판에 내가 나름의 논리로 세운 것은, 이미 잘 먹고 있는 가축이 많으니 개라도 먹지 말자는 것이었는데 어딘가 이상했다. 점점 더 덩어리진 모든 고기를 잘근잘근 씹는 감각이 거북하고 불편해졌고 고기를 먹는 자리를 피하게 됐다.

그런데 그때 나의 몸 상태는 그다지 좋지 않았다. 지금 돌아보니 고기를 먹지 않은 것이 아니라 아예 음식을 잘 먹지 않았다. 사탕이나 초콜릿, 빵 등 생존이 가능할 정도의 당 섭취만을 했을 뿐 잡곡이나 야채, 두부 등 건강한 음식을 먹지 않으며 채식을 이어갔다. 원래 머리숱이 많은 편이지만 그때 내 머리카락은 한 손에 쥐고 묶으면 볼펜 굵기밖에 되지 않을 정도로 가늘어졌다. 단백질을 좀 먹어야 한다는 의사의 조언에 따라

콩과 두부를 먹었지만 쉽게 회복되지 않았다. 동물들 곁에서 동물권을 고민하다 동물의 왕국같이 권력투쟁이 횡행했던 법조팀으로 소속이 바뀌면서 서서히 탱탱한 모발로 돌아왔다. 여느 기자들과 마찬가지로 고깃집에서 소맥과 함께하는 회식 자리를 오가다 보니 다시 예전 몸으로 빠르게 돌아간 것이다. 그때는 사람들과 "그래도 고기를 적당히는 먹어야 해, 아플 때는 역시 고기를 먹고 힘내야지"라는 말을 나누기까지 했다.

네 번째 채식은 술과 고기를 즐기던 법조팀을 떠나 기후변화팀에서 일하면서 시작되었다. 점점 늘어나는 인간의 육식 소비를 감당하기 위해서는 가축을 대량으로 키워야 하고 이 과정에서 넓은 범위의 숲이 훼손된다. 효과적인 흡수원을 잃어버리며 늘어나는 온실가스 배출량 문제를 풀이하는 기사를 쓰다 보니 자연스럽게 육식에 길들여진 나의 삶을 또다시 돌아보게 됐다. 이번에는 아마존의 강돌고래를 떠올리지 않았다. 그냥 지구를 생각했던 것 같다. 다시 한번 채식을 시작하면서 이번에는 목표를 낮춰 해산물과 달걀, 우유까지만 먹는 페스코의 삶에 도전했다.

꽤 성공적으로 고기를 먹지 않는 생활을 이어가던 중 마음이 덜컥 내려앉았던 순간이 있다. 남편에게 우리 집에서는 고기 대신 해산물을 먹자고 호기롭게 말한 뒤로 에콰도르나 페루에서 잡아 냉동한 새우를 꽤 많이 먹고 있었다. 고기 없는 두 식구의 저녁 파티에는 늘 새우가 함께했다. 하지만 고기를 먹지 않는다고 해서 똑같은 생명인 바다의 새우를 이렇게 많이 먹어도 되는 것인가 고민할 때쯤 바다 생명의 남획 문제를 다룬 기사와 다큐멘터리가 연이어 쏟아졌다. 다시 머리를 쥐어뜯었다. 아, 불편하다.

　남의 편은 아니지만 늘 내게 현실적인 조언을 해주는 남편과의 논쟁도 팽팽하게 계속되고 있다. 똑똑한 남편은 논리적으로 원래 잡식이었던 인간이 채식을 선택하는 것이 오히려 부자연스럽다며 채식을 왜 해야 하는지 모르겠다고 한다. 나의 채식 지향을 응원하지만, 네가 열심히 채식을 한다고 해서 공장식 축산이 당장 사라지지도 않을 것이라며 오히려 동물복지 환경에서 키운 닭이나 소, 돼지를 비싸도 사 먹는 것이 더 윤리적이라고 말한다. 그러면서 "정작 고기를 안 먹겠다는 너는 왜 동물복지 달걀을 구입하려 노력하지 않지? 너가 사려 하는 운동화를 사지 않는다면 농장에 방사해 키우는 닭이 낳은 달걀을 몇 번이나 먹었을 텐데"라며 욕망은 무겁고 주머니는 가벼운 나의 모순을 지적하는 기자다운 모습을 보이기도 했다.

고기를 먹기도 하는 내가 채식을 지향하는 마음을 가진다는 것이 모순적일 수는 있다. 그렇지만 쓸모없거나 유별나다고 생각하지는 않는다. 물론 실패기만 계속되고 있지만, 나는 계속 채식을 지향할 것이다. 그래도 지금 내 수준에서 할 수 있는 일을 해나가는 게 아무것도 하지 않는 것보다 훨씬 더 의미 있다고 생각하기 때문이다. 아마도 도시에서 직장인으로서 회식 문화 속에 살다 보면 성격을 크게 바꾸지 않는 이상 어쩔 수 없이 실패와 성공을 반복하게 될 것이다. 하지만 오로지 내 선택에 집중할 수 있는 순간이 주어진다면 나는 채식을 선택할 것이다.

나의 비틀거리는 채식 도전기를 돌아볼 때, 채식을 지향하는 삶을 유지하려면 채식이 스스로에게 부담스러운 일이 되지 않는 것이 중요해 보인다. 채식을 성공적으로 실천하며 적극 홍보하는 이들에게서 내가 사랑하는 도시양봉의 문제를 지적받은 적이 있다. 나는 2년 동안 도시양봉을 하면서 양봉의 환경적 가치를 깊이 체감할 수 있었다. 다만 양봉도 결국 농사이다. 벌이 만들어낸 생산물인 꿀을 양봉가가 획득하는 일이기도 하다. 이 때문에 양봉가는 벌을 착취하는 자본가이며 벌은 자본가에게 착취당하는 노동자라며 양봉을 마르크스주의적으로 표현하기도 한다. 실제로 양봉 과정에서 질 좋은 꿀을 빨리 많이 모으기 위해 벌의 환경을 바꾸거나 벌의 생산능력을 높이는 기술을 활용하기도 하며 그 과정에서 벌들이 죽기도 한다. 이 때문에 동물권을 옹호하는 일부 활동가들은 양봉이 벌을 학살하고 착취해 꿀을 얻는 과정이라고 비난한다.

물론 타당한 이야기이다. 벨기에에서 온 방송인이자 채식인인 줄리안 퀸타르트 씨를 인터뷰하면서도 이 이야기를 한 적이 있는데, 그는 내게 꿀 대신 메이플시럽이나 설탕을 먹으라고 제안했다. 하지만 설탕 역시 그 원료인 사탕수수를 제조하는 과정에서 끊임없이 환경파괴 논란을 겪고 있다. 채식을 실천하는 일이나 여타 환경 문제를 해결하기 위해 노력하는 일은 결코 단순하지 않다. 그렇기 때문에 지구와 생명을 위해 고민하는 마음은 같더라도 각기 다른 생각을 가질 수 있다고 생각한다.

채식에 실패하는 이들을 비난하기에는 우리 사회가 고기를 너무 좋아하고 권하고 있지 않나 싶다. 한국 사회에 비건 운동이 처음 태동하던 시절, 서울대 운동권 그룹에서도 비건 동아리가 처음 생겨났다. 나는 2006년 당시 〈한겨레21〉 기사에 나왔던 서울대 비건 동아리 창립 멤버를 수소문해서 인터뷰를 했다. 그로부터 14년이 지난 지금도 그는 아직 채식을 하고 있을까. 두근거리는 마음으로 연락을 했다. 그는 나에게 "당시 용돈이 부족했는데 야채값이 고깃값보다 비싸서 얼마 가지 않아 실패했다"는 답을 들려줬다. 물론 오랫동안 채식을 성공적으로 실천하고 있는 이들의 이야기는 중요하지만 실패한 이들의 이야기에 귀 기울여 보는 것도 필요하지 않을까. 개인의 실천을 어렵게 하는 요소가 무엇인지 파악한다면 문제 해결을 위한 더 건설적인 논의가 가능할 것 같다.

그나마 세상이 조금씩 변화하고 있고 좀 더 쉽게 선택할 수 있는 채식 식단도 많아지고 있다. 영국 맥도날드에는 비건 메뉴가 있고, 미국이 본고장인 쉑쉑버거도 버섯으로 만든 비건 버거를 판매한다. 자본주의의 상징이자 상업농의 최대 수요처인 패스트푸드점에서 햄버거라는 음식을 비건으로 즐길 수 있다는 것은 시사하는 바가 크다. 서울시는 채식 식당을 소개하는 웹사이트를 열었고 전 세계의 맛집을 선정하는 미쉐린 가이드 역시 채식 식당을 그린스타 식당으로 따로 분류해 추천하고 있다. 굶주린 날이면 나는 쉑쉑버거에 가서 머쉬룸 버거를 먹으며 스스로에게 선물을 주곤 한다.

최근에는 동물권과 기후위기 대응의 측면에서 채식을 선

택하는 이들도 많아진 듯하다. 나 또한 동물의 안녕과 기후위기 문제를 고민하는 기자이지만 부끄럽게도 내 입에 맛있는 것은 고기 육수였다. 덩어리진 고기를 씹는 느낌이 불편하기도 했지만, 어떤 날은 육즙 가득한 고기를 먹으며 희열을 느끼기도 했다. 그렇지만 나는 여전히 채식을 지향하는 삶을 포기하지 않았다. 고기보다는 식물성 재료로 만든 음식에 내 몸이 앞장서 기뻐하길 바란다. 30년 넘게 고기에 길들여진 입맛이지만 서서히 입맛이 바뀌어 결국 단단한 채식인이 될 수 있다면 좋겠다. 그렇지만 설령 내 몸이 그러지 않는다고 해도 너무 자책하고 싶지 않다. 또다시 실패하더라도 여전히 환경을 위해 내가 할 수 있는 일이 많이 남아 있기 때문이다.

동갑내기 친구인 한 환경운동가는 채식에는 사회를 긴장하게 하는 힘이 있다고 말했는데 정말 그렇다. 사회를 흔드는 채식의 힘이 앞으로도 계속되었으면 좋겠다. 그리고 앞으로도 그럴 것이라고 믿는다. 나도 그 힘을 지키기 위해 작은 힘을 보탤 것이다. 설령 채식에 계속 실패한다고 해도, 채식을 지지하고 응원하는 그 마음만으로도 충분히 가치 있다고 믿으면서. 나처럼 흔들리며 숨어서나마 채식을 지향하는 많은 이들의 마음을 응원한다.

정유사들을 취재하면서 거짓말을 한 적이 있다. 나는 운전을 못한다. 대학생이 되고 2급 보통 면허를 땄지만, 여태껏 총 운전 시간이 10시간도 되지 않는다. 소위 말하는 장롱면허이다. 하지만 운전을 하지 않으면서 정유사를 취재하려니 어딘가 꿀려 보일까 봐 걱정이 됐다. 나는 운전을 잘은 못 하지만 가까운 곳은 차를 타고 다닌다며 취재 내내 거짓말을 하고 다녔다. 그래야 왠지 석유 소비자로서의 정체성도 분명해질 것 같았다.

내가 운전을 하지 않는 데에는 여러 이유가 있다. 첫 번째로, 회사 차량 조수석에 타고 강원도 강릉으로 벨루가를 취재하러 가던 길에 차량이 중앙분리대를 들이받고 몇 바퀴를 회전한 사고가 있었다. 뒤에서 따라오던 트럭에 부딪히며 결국 차량이 반파되었는데, 이 사고 때문에 운전대 잡는 것을 두려워하게 됐다. 또 나의 능력 탓도 있었다. 시내 주행 연수를 두 차례나 받았는데 여전히 차를 조작하는 것이 영 어려웠다. 자동차전용도로에서 빨라지는 차의 속도가 감당이 안 됐달까. 차폭을 계산하기에는 공간지각력이 떨어진달까. 운전할 때마다 모든 것이 힘겨웠고 금방 온몸이 땀으로 푹 젖었다. 땀 흘리지 않고 핸들을 잡는 경험을 해보지 못한 채 시간만 흘렀다. 사실 서울을 중심으로 일하고 있다 보니 평범한 일상에서 이동의 불편함을 느낀 적은 드물다. 이 점이 운전 연습을 계속 미루게 된 이유가 되기도 했다.

그래도 운전을 하고 싶었다. 매우 간절히 하고 싶었다. 사람이 성인이 되어 처음 운전을 하면 어린 시절에 머물던 시공간이 확장된다. 사무실에서 노트북 자판을 두들기다가도 자연 속으로 훌쩍 떠나고 싶은 순간이 꽤 자주 있는 내게 운전 기술이 더해진다면 정말 언제든 어디든 자유롭게 떠날 수 있을 것 같았다. 하지만 운전이 영 손에 익지 않았고 자유로운 일상의 탈출도 점점 멀어져 갔다. 결국 연수를 받으면서 자가용이 필요하다는 나름의 합리적 근거를 찾았다. 나의 부족한 운전 실력을 탓하기는 싫고, 남의 차로 운전 연습을 하다 보니 실력이 늘지 않는다는 나름의 논리를 만들어낸 것이다. 결국 나는 친구

시누이에게서 당시 5만 킬로미터를 뛴 5년 연식의 아반떼를 거금 600만 원을 주고 구입했다. 사회생활을 시작한 후 스스로에게 준 최고가의 선물이었다. 첫 차의 이름은 '아방이'로 지었다.

벨루가를 닮은 하얀색 아방이와 함께 떠날 날들을 상상하니 설렜다. 여전히 나는 아방이를 진심으로 아낀다. 그러나 아방이 소유주가 되고도 10년 가까이 지난 지금까지 나는 아방이의 명의상 주인일 뿐이다. 엄마와 남편이 주로 나의 아방이를 운전하기 때문에 나는 그와 영 서먹하다. 나는 운전 좀 배워보라는 눈칫밥을 먹으며 아방이 조수석을 지킨다.

운전에 계속 관심을 두고 있으니 그런 생각도 하게 됐다. 환경을 이야기하면서 내연기관차를 탄다는 것이 모순된 일일까. 나는 가급적 전기차 충전 인프라가 잘 갖춰진 제주도를 여행할 땐 전기차를 타려고 노력한다. 하지만 서울에서 전기차를 구입하는 것은 여전히 비싸고, 충전 인프라도 부족하다. 재개발 예정지의 오래된 아파트에 전세로 살고 있는 우리 가정의 경우 전기차 충전을 하려면 언덕 아래 주민센터에 한 대밖에 없는 저속충전기를 밤새 이용해야 한다. 그 사실을 깨닫고 전기차 구입을 쉽게 포기했다.

더욱이 전기차를 타는 것만으로 자동차로 발생되는 환경 문제의 불편한 진실이 모두 감춰지진 않는다. 전기차 이용자들은 석유를 구입하지는 않지만, 현재의 전력 발전원 비중을 따져볼 때 대부분 석탄이나 천연가스로 만든 전기로 자동차를 충전할 수밖에 없다. 이 때문에 전기차 역시 탄소 배출에서 자유롭지 않다는 지적을 받기도 한다(물론 내연기관차와 전기차 중 온실가스 배출량만 보면 전기차가 친환경적이다). 이런 복잡한 층위의 불편함들을 이야기하다 보면, 자동차를 타는 행위 자체가 환경에 반하는 것이니 환경을 생각하면 자동차를 타지 말아야 하는 것 아니냐며 트집을 잡는 이들도 있다.

그러나 현대 자본주의 사회, 한국과 같이 과밀한 수도권에서 살아가는 시민에게 요구되는 환경적 소양이나 친환경 실천은 그런 저차원적 사고로 달성할 수 있는 것이 아니다. 그렇게 압박을 가하면 누구도 환경의 가치를 고민하기 어려워진다. 이 사회가 조선 시대로 돌아가지 않는 한 가능한 변화가 아니기 때문에 실은 고려할 가치가 없는 말이다. 겉으로 티는 안 내지만 나는 그런 사람이 그냥 환경론자들을 혐오하는 편협한 사람이라고 생각한다. 자동차를 타지 말고 걸어 다니면 된다, 애초에 아무것도 소비하지 않으면 된다고 단순하게 말하며 공격하는 것은 비판을 위한 비판일 뿐이다. 이미 우리 사회의 환경 담론은 입체적으로 구성되고 있고 이를 이해하는 것이 미래 시민의 기본적 교양이 되어가고 있다. 이제는 자동차를 소비하는 문화 속에서 그 활용의 문제를 좀 더 깊이 들여다봐야 할 때다.

한동안 나를 괴롭힌 것은 나 자체의 모순이 수두룩한 채로 자꾸 세상을 향해 '에코하라'고 잔소리만 하는 사람이 되어가는 것 같다는 자괴감이었다. 예를 들어 회사 일을 하고 집안일을 하고 공부를 하고 사람들을 만나느라 바쁜 나에게 현재의 안락한 삶을 유지하도록 도와주는 것은 택배, 물류, 유통 산업이다. 누가 이를 부정할 수 있을까. 나의 취향과 나의 모든 욕망을 채워주는 것이 배달 노동자들과 관련 산업계이다. 나뿐만 아니라 수많은 도시인이 관련 산업 노동자들에게 빚을 지고 있다. 이제 도시에서 택배나 배달을 이용하지 않고 사는 것은 불가능하다. 물건 보관과 포장, 운송 등 모든 과정에서 에너지가 사용되고 탄소가 배출되는데, 택배나 배달을 애용하면서 스스로 친환경 삶을 실천하고 있다고 착각하는 것은 어리석은 일이었다.

더욱이 나는 사람의 마음을 해치면서까지 신념과 이상을 좇는 일에도 자신이 없었다. 일상생활 속에서 가장 피하고 싶은 순간은 길을 걷다가 홍보 전단지를 나눠주는 분을 마주칠 때다. 그럴 때마다 사고가 정지되곤 한다. 저 홍보 전단지를 받아봤자 시간도 돈도 없는 내게는 쓸모가 없을 텐데, 코팅된 종이는 재활용도 쉽지 않은데, 내가 전단지를 받아주면 그만한 가치가 있다고 생각해 계속 홍보 전단지를 만들 텐데, 하는 생각이 꼬리에 꼬리를 물고 이어진다. 어렸을 때는 수요가 있기 때문에 공급이 있다는 논리에 의지해 판단했다. 수요를 막는다면 저런 전단지를 만들지 않을 것이라 생각했다. 그래서 전단지를 받지 않고 도망 다녔다. 하지만 우리 엄마와 비슷한, 연세지긋한 노인분들이 노동 현장에 나선 모습을 보면서 '저 종이들이 빨리 나 같은 사람에게 나눠져야 저분들도 퇴근하시고 일당을 받으실 텐데'라는 생각이 들었다. 그 뒤로는 다시 전단지를 받고 있다.

나의 마음속에는 환경을 지키고 싶은 나의 신념과 사람들이 상처받지 않았으면 하는 자연스러운 소망이 혼재되어 있다. 그리고 나이가 들어 밥벌이의 고단함을 알아버린 후에는 환경만을 생각할 순 없게 됐다. 결국 타협점을 고민하다 보니, 코팅된 전단지를 친환경 재생 종이로 바꾸거나, 다른 식의 홍보 전략이 상용화되면 좋겠다는 생각에 이르렀다.

플래카드 현수막을 달고 선거운동을 하는 정치 현장을 취재했을 때도 비슷한 고민을 했다. 양당제가 굳건한 한국 사회에서 거대 양당은 자본력을 앞세운 각종 온라인 홍보를 하며 현수막 줄이기 캠페인에 동참했다. 하지만 어느 정당보다 녹색 가치를 중시하는 녹색당은 소수 정당으로서 정작 현수막 홍보를 유지할 수밖에 없는 현실이었다. 플래카드를 이용한 홍보가 저렴하고 적은 인력으로도 효과를 볼 수 있는 방식이기 때문이었다. 안타까움과 아쉬움이 밀려왔다. 현재의 정치 구도에서 소수 정당이 자신들의 목소리를 내기 위해 얼마나 노력하고 있는지 알기 때문에 이들을 무작정 비난할 자신은 없었다. 그럴 때마다 모든 환경 문제가 다양한 사회 문제들과 긴밀하게 연결되어 있다는 것을 느꼈고, 서로 다른 가치들이 내 안에서 끊임없이 충돌하며 무엇이 더 중요한 가치인지 고민하게 되었다.

결국 나의 마음은 점점 사람과 사람의 마음이 가장 중요하다는 쪽으로 기울고 있다. 같은 마음으로 비슷한 고민을 하며 동시대를 살아가는 사람으로서 가급적 사람들의 마음을 다치게 하고 싶진 않다. 이미 우리 모두 마음 다칠 일을 많이 경험하고 있지 않은가. 아픈 사람들끼리 서로 소리치며 정답을 가르치며 멱살을 잡고 한 방향으로 끌고 가는 일이 꼭 옳은 것 같진 않다. 환경 문제를 해결할 때에도 나는 마찬가지로 생명을 살리면서 옆에 있는 사람들과 함께 갈 수 있는 방식을 찾고 싶다.

플라스틱을 사용하지 않고 쓰레기를 남기지 않는 삶을 실천하는 이들을 보면 존경심이 든다. 이들에게서 노하우를 배워야 한다는 생각에 관련 유튜브 영상을 열심히 찾아보기도 한다. 그러나 그런 삶을 살기 위해서는 시간과 정성이 필요하다는 걸 우리 모두 알고 있다. 나의 경우 시간이 부족해서 동선에 있는 식당에서 음식을 종종 포장하지만, 노트북과 서류, 책으로 꽉 차 있어 텀블러 넣을 자리밖에 없는 뚜벅이 직장인의 가방에 음식을 담을 통까지 챙겨 다닐 자신은 없다. 이런 스스로에게 실망할 때도 있지만, 자책하기보다는 내가 실천할 수 있는 다른 일은 없을지 고민하는 데 에너지를 쓴다.

꼭 전기차를 타지 않아도, 20년 된 내연기관차를 타면서 새 차를 사지 않아서 환경에 기여하고 있다고 말하는 이들을 나는 존중한다(배출가스 저감장치만 장착했다면 말이다). 전기차로 바꿨기 때문에 친환경 차량을 운전하고 있다는 이들에게도 역시 박수를 보낸다. 나는 환경 문제에 대해 스스로의 기준에 맞춰 최선을 다하는 이들을 존중한다. 나 역시 나의 생각과 행동을 존중받고 싶다. 그리고 점점 더 많은 사람들이 저마다 자기만의 철학을 갖고 친환경 생활을 실천 중이라는 것에 감사하다. 그런 사람들의 마음이 모일 때, 정말로 세상이 바뀔 수 있지 않을까. 도시에서 환경을 위해 할 수 있는 일은 차고 넘치기 때문에 포기하기에는 이르다. 중요한 것은 복잡한 사회 문제들 속에서 늘 환경 문제를 떠올리는 마음일 것이다.

6

당신이 환경 문제를
말해야 하는 이유

살면서 가장 중요한 것은 스스로를 사랑하는 일이라는 말의 의미를 조금씩 깨닫고 있다. 나는 내가 자연의 변화에 민감한 사람이라는 점이 참 좋다. 이상한 소리같이 들리겠지만, 오늘의 날씨는 온 우주가 나에게 주는 선물인 것 같다. 과거 아랍에미리트공화국UAE에서 150만 달러를 들여 인공강우 실험을 하면서 날씨를 인간의 힘으로 바꾸려는 시도를 한 적도 있지만, 이후 1978년 발효된 환경수정협약ENMOD으로 76개 나라가 인위적으로 기상 조건을 변화시키려는 행위를 금지하고 있다. 국제조약의 구속력이 약하긴 하지만 이 조약이 지켜질 것이라는 전제로, 내일의 날씨를 인간의 힘으로 바꾸는 것은 불가능하다. 아침에 눈을 떴을 때 출퇴근길 날씨를 알아보기 위해, 그날의 옷차림과 신발을 선택하기 위해 날씨앱을 여는 것은 꽤 설레는 일이다.

생각해 보면 날씨는 정말 힘이 세다. 사람들의 일상은 결국 그날의 날씨가 결정한다. 나는 비가 오는 날에는 회를 먹지 않으려 하고, 맥주 대신 막걸리를 마신다. 시간당 10밀리미터 이상의 많은 비가 내리는 날이면 가방에 넣고 다니는 5단 우산 대신 장우산을 들고 나간다. 이동 시간이 다소 길어지더라도 창가에 맺힌 물방울을 보기 위해 지하철보다는 버스를 탄다. 기상청이 오보를 내면 나만의 이런 소소한 계획이 어그러지기 때문에 조금 화가 나는 것인지도 모른다.

또 날씨는 기억을 재생한다. 친구와 화해한 날 불어온 기분 좋은 산들바람, 힘든 시험을 마치고 바라본 붉은 노을, 결혼하는 날 미용실에 가기 위해 아방이에 올라타던 아침 서늘하고 청명했던 공기, 울고 싶은 날 더 비참하게 느껴지리만큼 반짝이던 한여름 뜨거운 태양이 다 추억으로 남아 있다. 날씨 덕분에 평범한 일상이 특별한 순간으로 기억되는 것이다.

그러다 보니 나는 날씨의 변화를 매우 민감하게 감각한다. 환절기면 매일매일 달라지는 날씨를 느끼는 것만으로도 오늘을 살고 있음을 느낀다. 매년 찾아오는 매미가 때맞춰 울지 않으면 걱정이 되고 매년 우리 집을 즐겨 찾는 모기들의 수가 평소와 달라지면 무슨 일이 있었던 건지 따져보게 된다. 점점 여름은 길고 뜨거워지고, 겨울은 짧아지는 대신 혹독한 한파로 닥쳐오는 것을 보면서 지구가 정말 아픈 걸까 염려하게 되는 것도 이런 감각 때문이 아닐까 싶다. 온난화가 심해지면서 이상기후라 느껴지는 날이 많아졌다. 나와 같이 날씨를 민감하게 감각하는 이들이 주변에 많아지는 걸 보면 묘한 기분이 든다. 나와 같은 사람이 많다는 사실에 반갑다가도 그만큼 이상기후가 일상이 되고 있다는 사실에 두렵기도 해서다.

어쩌다 내가 환경 덕후가 되었는지 생각해 보면, 오히려 자연을 쉽게 느끼기 어려웠던 서울에서 나고 자란 것이 한몫한 것 같다. 물론 도시가 아닌 시골에서 나고 자라 자연의 소중함을 더욱 잘 느끼는 이들도 많을 것이다. 그런데 나는 어려서부터 어쩐지 자연이 그리웠다. 대학생 때는 지방에서 올라온 친구들에게 고향이 시골이어서 부럽다는 말을 하고 욕을 먹은 적도 있다. 진심이기는 했어도 그렇게 표현해서는 안 될 말이었다. 나를 키운 것은 분명 도시의 각종 인프라였다. 학창 시절 대형 서점에 죽치고 앉아 영화 잡지를 읽기도 했고, 멀티플렉스 극장에서 통신사 카드의 할인 혜택을 누리며 조조영화를 실컷 보기도 했다. 전시회나 박물관, 과학관에서 한껏 나를 위한 시간을 보낸 행복은 다 잊은 오만한 발언이었다는 것을 인정한다. 그렇지만 진심으로 나는 고향이 서울이어서 마음이 공허했다.

1960~70년대를 거치며 서울이 빠르게 도시화가 된 뒤 1980년대에 태어난 나는 아파트가 아닌 곳에서 살았던 기억이 없다. 어린 시절 나는 아파트 붐을 상징하는 목동의 복도식 대단지 아파트에서 옆집, 아랫집 아이들과 돗자리를 펴놓고 놀았다. 그때는 재밌었지만 생각해 보니 옹색했다. 고개를 들면 바로 차가운 복도의 하얀색 벽이 보였다. 여름방학이면 베란다에 파라솔과 책상과 의자를 펴놓고 학습지를 풀기도 했다.

삭막한 도시 생활 속 어린 내가 좋아했던 순간들은 가족들과 주말농장을 다니며 방울토마토며 상추며 깻잎이며 따 먹던 시간이었다. 중학교에 입학하기 전 국토 순례길에 강제로 보내진 적도 있는데 비바람이 부는데도 수십 명의 청소년들이 쉬지 않고 해남 땅끝마을부터 임진각까지 걸었다. 그때는 힘들었지만 지금 생각하니 두 다리만으로 땅을 내딛는 경험, 자연 앞에서 오롯이 혼자였던 그 순간 덕분에 내가 자연의 변화를 더 섬세하게 감각할 수 있는 사람으로 자란 것은 아닐까 생각하곤 한다. 덕분에 취재하면서 도시양봉을 배우고, 용산가족공원에서 회사 동료들과 텃밭 농사를 지으며 '노잼' 직장 생활을 버티는 방법을 찾은 듯하다.

자연 속에서 시간을 보낼 때마다 나는 인간이 참 연약한 존재라는 것을 실감했다. 도시의 인프라를 누릴 수 없는 자연에서 인간이 할 수 있는 일이 정말 별로 없었기 때문이다. 특히 평생 도시에서 살아온 사람이라면, 인프라가 없는 환경에서 자연히 무력감을 느끼게 된다. 이렇게 나약한 인간은 돈과 시간에 의지한다. 도시인들은 자연 속에 살기보다는 돈과 시간을 들여 자연을 잠시 감상하길 원한다. 아이러니하게도 자연이 관광 상품이 된 요즘은, 돈과 시간이 있으면 자연을 더 온전히 즐길 수 있다.

환경 문제를 말하면 '중산층의 한가한 소리'라고 폄하하는 이들이 있다. 더 시급하고 중요한 사회 문제가 많은데 환경 문제를 말할 시간이 있느냐, 자연을 즐길 시간이 있으니 더욱 민감하게 느끼는 게 아니냐는 지적에서다. 실제로 인류의 역사를 따져보면 산업화 시대를 거치며 보건, 노동 등 기본 인권 영역의 문제가 먼저 세상 밖으로 터져 나왔다. 피해 당사자가 있고 같은 인간으로서 쉽게 공감할 수 있는 보편성이 있기 때문이다. 반면 환경 문제는 말 못 하는 자연의 문제에서 시작하기 때문에 주목받지 못한다. 오히려 이 이야기를 하면 전통의 인문사회 진영에서는 시급한 문제라고 생각하지 않았다. 그리고 직접 피해를 입는 사람도 스스로 발언할 수 있는 권한을 갖지 못한 저개발국의 저소득층 시민일 경우가 많기 때문에 쉽게 논의의 대상이 되지 못했다. 이 때문에 인권 영역에서 환경 분야는 가장 뒤늦게 논의될 수밖에 없었다.

실제로 환경운동을 많이 하고 환경과 관련한 문제의식이 가장 성숙한 시민 계층이 나이 많고 학력과 소득이 높은 이들이라는 설문조사 결과도 있다.[1] 이 때문에 환경운동은 같은 운동권 그룹 안에서도 도시 중산층의 한가한 운동이라고 폄하받아 왔고 정치적이라는 프레임에 갇혀 있기도 했다. 물론 최근에는 10~20대 젊은 세대가 기후환경 문제를 다른 사회 문제보다 주요한 시대의 과제로 꼽고 있기 때문에 변화의 조짐이 느껴진다.[2] 그러나 현재까지의 국민 인식 조사 결과를 보면 여전히 환경 문제는 다른 사회 문제들과 비교해 부차적인 문제로 여겨지는 듯하다.

이러한 현실은 환경 문제를 풀어가기 위해 평범한 사람들의 활약이 필요하다는 것을 깨닫게 한다. 나 역시 이를 깊이 깨달았던 순간이 있었다. 기후변화로 인한 피해 상황을 가장 먼저 체감하고 있는 이들을 찾아 나서는 기획 기사를 준비하던 때다. 기후변화가 실제로 주거가 불안정한 이들에게 어떤 위기감을 주는지를 알아보고자, 후배에게 경제적인 이유로 냉난방 기구 사용이 여의치 않은 고시원이나 쪽방촌 주민들의 인터뷰를 맡겼다. 폭염 때문에 '대프리카'라는 별명을 갖게 된 대구광역시와 겨울이 가장 먼저 찾아온다는 경기 북부 포천시 등을 다니며 인터뷰를 하고 온 후배의 반응이 예상과는 달랐다. 난감해하는 눈치였다. 이런 인터뷰를 하는 게 맞는지 묻는 뉘앙스도 답변에서 묻어났다.

기획을 하면서 우리가 듣고 싶던 답변은, 지금처럼 별다른 고민 없이 탄소 배출을 지속한다면 본인과 같은 저소득층의 삶은 더욱 힘들어질 수밖에 없다는 말이었다. 하지만 후배가 가져온 녹취록을 들여다볼수록 대화가 겉돌고 있다는 것이 느껴졌다. 내가 무언가를 놓치고 있었음을 깨달았다.

<u>2020년 12월 초 대구의 한 쪽방촌에서 만난 40대 남성</u>

기자 여름은 덥잖아요. 더울 때 안에 냉방 기구 없으세요?

남성 없어요.

기자 더울 때는 어떤 식으로 지내세요?

남성 쪽방에서 주는 선풍기하고 안에 찬물 같은 거 있으면 샤워하고.

기자 선풍기 틀면 안에 창문이 따로 있는 건가요?

남성	없죠.
기자	그럼 환기가 안 되는 상태에서?
남성	문 다 열고 자는 거죠. 선풍기 틀면 좀 낫죠. 땀은 나도.
기자	올 여름 장마는 영향 없으셨어요.
남성	물 새니까. 그때 이제 주인 사람한테 얘기하는 거죠.
기자	여기 방이 몇 개나 되나요?
남성	1층에 아홉, 2층에 아홉
기자	그럼 벌레는 어떤가요?
남성	모기는 기본이고 바퀴벌레 나오고. 쪽방에서 이제 모기 퇴치제 같은 거 주시는 거. 지금은 연탄 때니까 잠자고 있으면 환기를 시켜야 해요. 환기하면 춥고 내복 입고.
기자	여름에 온열 질환도 걸리셨나? 땀띠 같은 거
남성	기본 다 있다니까. 다 있고. 있다 보면 더위를 먹는. 찬물로 샤워하고 하다 안 되면 희망 진료소라고 가가지고 영양제 링겔 맞고 주사 맞고.
기자	하루에 쪽방에서 몇 시간 정도 있으세요?
남성	15시간. (중략) 가능하면 안 부딪히려고 방에서 안 나와. 아님 나와가지고 볼일 보고. 여기 사람들하고 안 부딪히려고 해.

기자가 상대방의 답을 유도하며 질문하는 것은 좋지 않은

취재 방식이다. 게다가 보통 사람들은 기자를 싫어한다. 수습기자 때 씻지도 못하고 자지도 못하면서 경찰서에 죽치고 앉아 취재거리를 찾는 생활을 견디도록 하는 건 악습이지만, 기자란 모두에게 환영받지 못하는 외로운 직업이라는 걸 빠르게 깨닫게 해주는 데는 즉효인 방식이었다. 그래서 기자가 취재원으로부터 환영받지 못하는 현장을 만나는 것이 그리 낯선 일은 아니다. 우리는 기후변화로 인한 폭염과 한파 속에서 구조적인 문제를 당사자의 목소리로 듣고 싶었다. 그러나 그의 입에서 기후변화 문제가 심각하다고 느낀다는 말은 나오지 않았다. 착한 후배도 겉도는 대화 속에서 자신이 지금 뭘 하고 있는 것인가를 되물었던 것 같다.

나 역시 고민이 깊어졌다. 폭염과 한파로 고통받고 있는 주거 취약층 당사자들이 사회에 앞장서 나서서 기후위기 문제에 적극 대응해 달라고 요청하지 않는다니. 당사자의 목소리를 전하며 기후위기 대응을 촉구하고 싶던 나의 계획은 어그러졌다. 선배로서 기획을 함께 하자고 제안한 게 미안해졌다.

착잡한 마음을 달래던 찰나, 초록우산어린이재단과 함께 진행한 설문조사 일부를 확인하게 되었고 비로소 문제 해결의 실마리를 얻은 듯했다. 조사에 따르면, 이상기후로 인한 피해를 가장 먼저 입을 것으로 예상되는 민감 계층일수록 반대로 기후변화 문제에 덜 민감했다. 58명의 기초생활수급자를 대상으로 한 설문조사에서 기후변화가 이미 일어나고 있다고 답한 비율은 36.2퍼센트(58명 중 21명)에 그쳤다. 비수급자들이 같은 문항에 대해 답변한 비율인 60.9퍼센트(432명 중 263명)보다 훨씬 낮은 비율이었다. 비수급자들은 기후변화의 원인으로 '인간 활동'을 꼽는 비율이 높았던 반면, 수급자들은 기후변화를 '자연적 현상'이라고 응답한 비율이 높았다. 인상적인 지표였다. 그제야 대구에서 인터뷰를 했던 남성을 비롯한 기후위기 피해 당사자들이 직접 환경 문제를 말하기 어려운 이유에 대해 깨닫게 되었다.

지금 안정적인 삶을 살고 있는 사람들에게는 미래의 불안이 큰 위협일 테지만, 당장 불안한 오늘을 사는 사람들에게 미래의 불안 따위는 중요한 문제가 아니다. 이미 기후변화의 피해를 직간접적으로 입고 있는 취약 계층이 기후변화라는 거대한 구조의 문제를 인식하기에는 그 일상이 너무 버거운 것이다. 그래서 정작 피해 당사자들은 중산층이 고민하고 행동하고 있는 환경 문제를 말할 여력이 없다. 기후위기와 인권 문제를 깊이 분석하고 있는 조효제 성공회대 교수는 이를 두고 "월말을 걱정하는 이들은 종말을 걱정할 수가 없다"고 말했다. 당장의 월세를, 전기 요금과 가스 요금을, 오늘 저녁 밥값을 걱정하는 이들에게 먼 미래에 닥칠 기후변화는 삶과 너무 먼 문제로만 느껴질 것이다. 늘 삶이 힘들었고 지금도 힘든 이들에게 내일의 전망을 묻다니 멍청한 일이었다.

더욱이 고소득, 고학력 계층일수록 안전한 일상을 보장받고 경제적으로도 안정적인 삶을 영위하므로 각종 사회 문제에 관심을 갖기 쉽다. 기후변화나 환경 문제는 더욱 그럴 수밖에 없다. 일정 정도의 지식이 필요하기 때문이다. 그렇지만 안정적으로 일상을 영위해 가는 사람들은 기후변화를 나에게도 다가올 위협적인 문제라고 생각하지 않으니, 문제의식을 갖는다 해도 앞장서 대응을 요구하는 데까지 나아가기는 어려울 수 있다.

기자들은 잘 안 풀리는 취재가 있을 때 현장에 다녀온 후 개안수술을 받은 듯 시야를 가리고 있던 게 걷히거나, 소화제를 먹은 듯 속에 고여 있던 무언가가 내려가는 순간을 경험하곤 한다. 결국 현장 취재와 설문조사 결과를 함께 더하고 나서야 기후변화가 정말 발언권이 없는 사회적 약자의 인권을 침해하는 사회 문제가 될 수 있다는 확신을 가질 수 있었다.

환경 문제에 눈을 뜬 이들이 먼저 나서서 말하지 않는다면,

당장 피해를 입고 있지만 말하지 않는 시민들의 삶도 달라지지 않을 것이라고 이번 취재를 통해 확신하게 되었다. 특히 '한가한 소리'라는 말 앞에 멈칫하게 된다면, 불편함을 느끼는 당신이 유별나거나 잘못 생각하는 것이 아니라는 것도 말해주고 싶었다. 오히려 민감하고 섬세하게 이 문제를 먼저 알아챈 탄광 속의 카나리아와 같은 존재일 수 있다. 상대적으로 더 많은 것을 배우고 더 편안한 삶을 사는 이들마저 지금의 환경 문제는 어쩔 수 없다고 인정하는 순간, 좀 더 낮은 곳에서 먼저 그 피해를 견뎌내야 할 이웃들의 삶 역시 달라질 수 없을 것이다.

7

미움보다
이해를 선택하는 용기

비혼이어도 괜찮고 결혼을 해도 괜찮다고 생각한다. 절대 선이나 절대 정답을 판단하기도 어렵고, 삶의 멘토도 다 의미 없는 시대인 만큼 삶의 형태에도 정답이 없는 것 같다. 정 외로우면 꼭 결혼이 아니더라도 마음 맞는 누군가와 교감하고 위로를 주고받으며 힘든 세상 버티면 된다. 한국처럼 사회 안전망이 부족한 사회에서 가족만큼 믿을 수 있는 버팀목은 없다고 생각할 수도 있지만, 또 가족이 뒤통수치는 경우도 없지 않다. 결국은 나 하기 나름인 세상이다.

나의 경우 비혼으로 살아보려 했는데 어쩌다 보니 결혼을 했다. 그리고 생각보다 내가 결혼 생활에 잘 맞는 것 같다고 생각하게 됐는데, 모든 것에 무던하고 현실적인 남편 덕분인 듯하다. 많은 부부가 서로의 부족한 점을 보완하며 가정을 이루어가듯이 나도 마찬가지다. 결혼 전에는 함께 사는 엄마를 이해하기 위해 노력했다면 결혼 이후에는 동거인이 된 남편을 이해하려고 노력한다. 나와 다른 사고방식을 수십 년 동안 장착하고 살아온 남편을 이해하고 수용하려고 노력하다 보니 나를 더 잘 알게 되는 효과가 덤으로 따라왔다. 가정의 평화와 함께.

나는 어려서나 지금이나 신념에 충실한 삶을 살고자 노력하는 사람인 듯하다(당연히 항상 그럴 수는 없을 것이다). 나 자신에게만 정직하면 다 괜찮았다. 정답을 미리 보고 풀 수 있는 학습지도 미련하게 열심히 풀었던 걸 보면 분명한 것 같다. 업계에서 말하는 '우라까이'(베껴 쓰기)가 난무한 기사들 속에서 한 줄의 팩트라도 직접 확인하지 않으면 밤새 마음이 불편해서 잠을 이루지 못했다. 세상에서 가장 힘든 것이 나를 속이는 일이었다. 그러다 보니 한번 옳다고 생각한 일은 정직하게 해나가야 마음이 편했다. 이런 성격 때문일지 몰라도, 각종 사회 문제를 마주할 때 옳지 못하다는 생각이 들면 해답을 찾을 때까지 고군분투했다. 환경 문제 앞에서도 마찬가지였다.

같은 일을 하는 남편 역시 큰 틀에서 보면 나와 아주 다른 사람은 아니다. 수도권에서 나고 자란 모범생으로 이름난 대학에 진학했고 사회 문제에 관심이 많다는 면에서 그렇다. 각종 사회 문제 앞에서 분노하고 슬퍼하기도 하고 작은 변화에 기뻐하는 모습을 보면 결국 비슷한 사람끼리 만난다는 말이 맞는 것도 같다. 다만 남편은 나보다 더 현실적이다. 그래서인지 환경 문제보다는 현실에 더 맞닿아 있다고 여겨지는 노동 문제에 더 눈을 반짝이곤 한다. 또 현실에 좀 더 유순하게 적응할 줄 아는 사람이라서 부조리하다고 생각되면 저항하다 부러지곤 하는 나와 달리, 부조리함에 저항하긴 해도 부러지지 않는 법을 알고 있다. 그런 모습 때문에 왜 저 사람은 내 뜻을 이해 못 해주는 걸까, 왜 나와 생각이 다를까, 라며 속으로 서운해하거나 분노할 때도 있었다. 이런 남편이 나에게 붙여준 여러 별명 중 하나가 '뚝딱이'인데 이상과 신념이 있으면 행동에 추진력이 무섭게 붙는다는 의미라고 한다. 나는 정말 가끔은 뚝딱하고 모든 것을 해치운다. 내가 옳다고 믿고 또 내가 잘할 수 있는, 능력이 되는 일을 만났을 때 주로 그러는 것 같다.

대학 졸업 후 환경단체에서 일한 것도 이런 성격 때문이었다. 대학 새내기 때 나는 사회 부적응자에 가까웠다. 나는 내가 가진 대학생이라는 사회적 지위에도 관심이 없었고 동아리나 학회, 교직 이수, 어학연수 등을 준비하는 친구들을 보면서도 하고 싶은 일이나 해야 할 일을 전혀 찾지 못했다. 그러다 정신을 차리게 된 게 3학년 무렵이었던 것 같다. 과 학생회와 답사 동아리를 하면서 전국을 돌아다녔다. 녹색연합에서 만들던 잡지에 글을 쓰는 아르바이트를 하게 되면서 글쓰기에 재미를 붙였고, 환경단체와 여성단체 활동을 경험하면서 어떤 직업인이 되어야 하는지, 더 나아가 어떤 사람이 되어야 하는지를 고민할 수 있었다.

'환경'과 '언론'이라는 두 가지 화두가 내 삶에 스며들던 그 무렵, 2007년 12월 충청남도 태안에서 유조선 허베이스프리트호가 좌초되었다. 검은 기름이 태안의 해안 전체를 뒤덮은 끔찍한 사고였다. 나는 그때 한창 아마존 강돌고래에 흠뻑 빠져 있었기 때문에 특히 이 참사에 마음이 아팠던 것 같다. 비슷한 감정을 공유한 친구와 무작정 태안으로 내려가 하루 종일 기름 묻은 돌을 닦았다. 그러다 그해 겨울 자연스럽게 환경운동연합 신입 활동가로 첫 사회생활을 시작했다.

환경단체에서 내가 맡은 일은 서울의 하천과 녹지 공간을 보존하기 위한 정책을 보완하는 것이었다. 당시 내가 몰두했던 고민은 (지금 돌아보면 너무 거창한데) 많은 사람의 삶을 풍요롭게 하는 이 자연을 보전하기 위해 지금 사회에 어떤 목소리가 필요하냐는 것이었다. 단순히 녹색 공간을 지켜야 한다는 당위성을 앞세운 구호는 설득력이 없었다. 예를 들어 수도권에는 비정상적으로 인구가 밀집되어 있다. 사람들을 강제로 이주시킬수 없는 이상, 이렇게 많은 사람을 수용할 수 있는 저렴하고 쾌적한 주거 공간이 필요하다. 어쩌면 이를 개발함으로써 얻는 사회적 이익이 자연을 보전해서 얻는 이익보다 더 크다고 말할수도 있을 것이다. 당위성만 앞세운 구호는 이런 현실적인 문제 제기 앞에서 힘을 잃는다. 하지만 자연의 가치는 그렇게 쉽게 경제적 가치로 환산되는 것이 아니다. 이를 대중에게 설득할 목소리가 필요하다는 생각이 들었다.

실제로 도시의 개발과 성장을 주장하며 환경운동가를 순진한 이상주의자라 폄하하는 이들을 종종 만났다. 그때마다 나는 사람들과 싸우고 싶지 않았고, 나와 다른 생각을 가진 이들을 설득할 자신이 없었다. 더 많은 사람이 경제적 가치보다 자연의 가치를 우선하고 그 소중함을 받아들이는 사회가 된다면 이런 고민조차 하지 않을 텐데, 하는 아쉬움만 속으로 삼켰다. 예나 지금이나 환경단체를 향한 손가락질과 비판이 많지만, 여전히 환경단체 활동가들 중에는 생각이 다른 이들을 설득하기 위해 깊은 고민을 하며 스스로를 끊임없이 돌아보는 이들이 있다. 그것이 얼마나 어려운 일인지를 알기에, 늘 그들을 응원하고 애정한다. 나 역시 그들을 보며 좀 더 많은 사람들이 공감할 수 있는 이야기를 하기 위해 작은 용기를 내곤 한다.

전문 활동가가 아니어도 주위에서 환경 문제를 앞서 지적하다 보면 유별난 사람이라는 말을 종종 듣게 될 것이다. 그때마다 외로울 수도 있다. 아니, 외로울 것이다. 환경 운운하는 사람이 고기 먹고 자동차 타고 플라스틱 컵을 사용하냐며 비난하는 사람도 만날 것이다. 나 또한 환경 기사를 쓸 때마다 중고등학생들이나 하는 고민을 아직도 한다며 참 순수하다고 말하는 오피니언 리더들을 자주 봤다. 나 역시 그때마다 이렇게 타고난 나를 탓하고 숨죽일 때도 있었다. 기껏 낸 작은 용기가 부질없이 느껴지기도 했다.

세상에는 나무를 한껏 끌어안고만 있어도 위로받을 수 있는 사람이 있다. 그들과 함께할 때 나는 가장 나답고 행복했다. 하지만 세상에는 대기업 회장 집 마당에 심긴 소나무의 가격이 더 궁금한 사람도 있음을 안다. 내가 다니는 언론사에서조차 채식을 실천하는 이들을 가리켜 외국의 '힙'한 문화를 흉내 내는 사람들이라고 폄하하는 이도 있었다. 화석연료 의존도를 낮추고 자연에서 얻는 재생에너지를 늘려야 한다는 당위를 말했을 뿐인데 운동권 같은 소리를 한다고 비난하는 동료들도 있었다. 외국의 재생에너지 기업 등 산업계의 자본이 결국 한국 환경 담론을 주도하는 거라는 선입견을 품은 리더도 만나봤고 다양성이 중요하다고 입버릇처럼 말하면서도 막상 환경 이야기를 하면 중요하지 않다며 논의에서 배제하는 이들도 숱하게 봤다. 평소 좋아하던 동료가 내게 "환경 기사를 왜 꼭 신문에 써야 하냐"고 물었을 땐 상처였고, 한 수습기자가 강단에 선 내게 "환경 전문 기자는 기업 활동에 방해가 되는 존재 아니냐"는 질문을 했을 땐 당황스러웠다. 이처럼 누군가에게 환경 문제는 여전히 부차적인 것이고 부정적인 것이다. 아마 지금도 나와 비슷한 많은 사람이 내가 그러했듯 외로워하고 있을 것이다.

뜨겁게 분노하던 나는 이런 상황에 노출될수록 점점 강해지고 있다. 냉정해지기로 했다. 우선 내가 남들과 다를 수 있음을 인지하고, 사람들에게 때로는 특이해 보일 수도 있는 나의 생각을 잘 설명하기 위해 훈련했다. 나와 다른 생각을 가진 사람을 만나더라도 회피하지 않고 현명하게 부딪치며 극복하기 위함이었다. 훈련을 위해서는 나와 사고방식은 다르지만 신뢰할 수 있는 누군가가 필요했다. 주로 내 훈련 대상은 남편이었다. 방법은 간단했다. 상대에게 나의 솔직한 생각을 가감 없이 말하는 것이다. 그리고 고민되는 지점도 전부 말한다. 나의 환경 감수성이 남다르다면 남다른 나의 생각이 자칫 다른 중요한 사안을 놓치고 있을 수도 있다. 그렇기 때문에 내가 신뢰하는 사람의 눈으로 내 생각이 정말 합리적인지, 너무 편협하게 사고하고 있진 않은지 평가해 보는 기회인 셈이다.

이 훈련에서 가장 중요한 것은 화를 내지 않고 말하는 것이다. 물론 나도 매우 잘, 모든 일에 냉정하게 대응하고 있지는 못하다. 처음에 나도 환경 문제에 대해 의견이 충돌할 때 열을 내며 상대를 바꾸려 하고 내 이야기를 하기 바빴다. 하지만 이런 분노와 속상함들이 다 내가 더 많이 알고 있고 내가 옳다는 생각에서 출발했다는 것을 깨달았다. 감정을 삭이고 현실에 발을 딛고 있는 남편이나 나와 다른 이들이 하는 말을 곱씹다 보면 고개가 끄덕여질 때도 있었다. 결국 차이를 좁히는 것은 환경 문제에 먼저 눈을 뜬 이들의 몫이고, 차분히 서로의 차이를 이해하는 것에서부터 소통이 이뤄져야 할 것이다.

환경을 말하려면 뜨거운 마음을 조금 더 차갑게 식혀야 하는 시대이다. 당위성만 내세우기보다 현실적인 대안과 지치지 않고 갈등을 풀어갈 수 있는 끈기가 필요하다. 그러려면 사안에 다각도로 냉정하게 접근해야 한다. 환경 문제의 해결이 사회의 최우선 과제가 되어야 한다고 생각하는 사람은 많지만 그렇게 용감하게 말할 수 있는 사람은 드물다. 설령 그러한 과제가 모든 것을 압도하는 것이 맞는다고 해도 모두가 공감해 주진 않을 것이다. 치열하게 분노하며 고민해 본 결과, 나는 이제 나와 다른 이들의 생각을 당장 바꾸지 못했다고 아쉬워하거나 서운해하지 않는다. 당연히 모두의 생각이 같을 수는 없고, 서로 싸울 필요도 없다. 다만, 나는 이제 수준 낮은 비판에는 코웃음을 친다. 조금 부족하더라도 자신의 일상 속에서 환경적 삶을 지향하는 사람들이 모여 세상을 조금씩 바꾸고 있음을 모르는 그들이 불쌍하다고 생각하게 됐다.

생활 속에서 환경 문제를 고심하는 시민들이 늘어나면서, 사람들에게 내 생각을 어떻게 말해야 할지 모르겠다며 고민을 털어놓는 이들을 자주 만난다. 나는 그때마다 나와 다른 사람들의 마음을 좀 더 들여다보려는 노력이 필요하며, 동시에 이렇게 남과 다른 나 또한 소중하게 생각해 달라고 말하곤 한다. 그리고 그런 모습이 자신만의 특별한 점이며 다른 누군가에게 든든한 힘이 될 것이라고 말해준다.

나 역시 환경 덕후로서 내 모습을 긍정하게 된 지 얼마 되지 않았다. 아직도 가끔은 자괴감의 늪에 빠져 허우적대기도 한다. 속으로는 화가 나지만 정작 사람들과는 싸우고 싶지 않아 피할 때도 있다. 그럴 때면 소심하면서도 비겁한 나의 마음을 들켜버린 것 같아 부끄러워진다. 하지만 결국 모든 환경 문제가 서로 이어져 있음을 곱씹을수록, 애정 어린 시선으로 자연과 그 안의 생명들을 바라보게 될수록, 함께 사는 인간 역시 소중한 지구의 생명이라는 생각에 이르게 됐다. 사람에 대한 애정을 포기하면서 자연과 동물, 지구의 모든 생명을 사랑할 수는 없다. 나와 생각이 다른 사람을 만났을 때 소통하는 것을 포기하지 않으려면 그들과 함께 갈 수 있는 방법을 고민해야 한다. 미움보다는 이해와 사랑을 선택할 수 있는 용기가 필요한 것이다.

8

기후위기 시대,
불안해하지 않으려면

기후위기를 떠올리지 않아도 불안
해할 일은 많다. 사회부 경찰팀에서 일하면서 각종 사건 사고를
가까이에서 접했다. 그때마다 덤덤하게 취재를 하고 기사를 썼
지만 실은 내가 굉장히 스트레스를 받아왔다는 것을 이후에 알
았다. 달리던 버스 위로 건물이 무너지고 어제까지 멀쩡했던 배
가 바다에 침몰했다. 달리던 차에서 불이 나서 맞은편에서 달리
던 차량을 덮쳤다. 예측할 수 없던 비극을 계속 마주하다 보니
길흉화복을 점치려는 인간의 시도들이 모두 무의미하게 느껴
졌다.

이처럼 우리가 예측할 수 없는 요소들은 불안을 야기한다.
그렇기 때문에 모두가 미래를 계획하면서 불안 요소들을 제거
하려고 노력하는 것이다. 현재의 삶이 안락하고 미래 또한 안
전하다고 생각하는 기득권층이나 기성세대가 현재에 만족하

고 충실하라는 말을 쉽게 하는 이유가 있다. 불안을 감지하지 못하기 때문이다.

　나 또한 미래에 대한 불안을 종종 느낀다. 특히 기후 문제를 다루면서 익숙해진 감정인 분노와 안타까움도 불안에서 출발했다. 앞으로 기후 문제가 심각해진다면 지금 느끼는 불안은 더욱 강해질 것이다. 지금 나와 가족의 삶을 안락하게 해주는 회사에서 나를 해고하거나 원하지 않는 보직으로 발령할지도 모른다는 불안감을 넘어서, 지금은 당연하다고 생각하는 많은 것들을 미래에 누릴 수 없게 될지도 모른다는 불안감이다. 만약 이런 불안이 사회적으로 만연해진다면 사람들은 기후 문제를 해결하려 노력하기보다는 무력감을 느끼며 자신의 상황을 부정하게 되고, 타인과의 연대를 멀리하게 될지도 모른다. 그렇기 때문에 나는 기후변화로 인한 사회 변동을 취재하고 기록하면서 우리 삶에 깔려 있는 이러한 불안을 보지 못하는 이들에게 조금은 분노했던 것 같다.

　불안한 미래를 앞두고 우리의 삶을 지키려면 급변하는 미래에 대비하는 방법밖에 없다. 미래에 닥칠 위기 혹은 변화가 좋든 싫든 좀 더 민감하게 알아차리려는 노력이 필요하다. 기후변화에 대응하는 것도 마찬가지이다. 경기침체와 물가 인상이 단기 과제라면 기후변화는 장기 과제일 것이다. 하지만 이것이 미치는 영향은 앞선 과제들보다 훨씬 클 것이기 때문에 미루지 않고 직면해야 한다.

나같이 정년을 회사로부터 보장받고 있는 직장인은 적어도 그동안 직장이 망하지 않고 내가 욱해서 사표만 던지지 않는다면 얼추 먹고살 수 있을 것이다. 직장 10년 차를 넘어가면서 이런저런 스트레스가 심해지지만 이 정도 스트레스는 진짜 위기에 놓인 이들이 겪는 어려움과 비교하면 별것 아닐 수도 있다는 생각을 하며 참는다. 그러나 직장을 잃는다면? 나 역시 하나의 사업장에 소속된 언론 노동자이자, 사회를 구성하는 시민으로서 기후위기 문제가 노동자와 시민의 삶을 어떻게 바꿀 것인지에 대해서도 관심을 갖게 되었다.

예를 들어 기후위기 문제가 대두되면서 이를 해결하려는 노력으로 인해 불안한 상황에 놓이게 되는 노동자가 있다는 사실을 생각할 수밖에 없었다. 에너지 부문에 종사하는 이들은 빠르게 변화하는 산업의 흐름을 읽어야만 한다. 석탄부터 석유, 천연가스, 원자력, 수소까지 에너지 산업에 발을 걸치고 있는 모든 대기업은 에너지 전환을 요구받는 현재, 석탄을 제외한 거의 모든 에너지원에 대한 투자를 이어가고 있다. 쉽게 말해 '하나만 걸려라' 하는 마음이다. 석탄의 경우 석탄 화력발전이 탄소 배출의 주범으로 지목되면서 점차 쇠퇴하고 있다. 세계적으로 기존 석탄 화력발전소의 수명을 연장하거나 새로 지으려는 움직임도 강한 반발에 부딪히고 있다. 이러한 상황에서 사업자들도 발전소를 계속 유지하는 것이 과연 경제적일지 판단하기 어려울 것이다.

저렴한 연료로서 한국 사회를 지탱해 온 석탄이 기후위기의 주범으로 지목되면서, 우리나라 석탄 화력발전소의 퇴출 또한 늦어도 약 30년 뒤로 예고되어 있다. 그렇다면 석탄 화력발전소에 다니는 20~30대 노동자들의 미래와 이들 발전소가 있는 지역사회의 미래는 어떻게 될까. 이들이 자발적으로 새로운 직업을 가질 수 있도록 재교육을 하고 지역 경제를 지탱할 새로운 산업 생태계가 만들어질 수 있도록 중앙정부와 지방자치단체에서 적극 나서야 한다. 전환 노동자들도 이러한 변화에 능동적으로 대처하는 것이 중요하다.

발전소뿐만 아니라 지역사회를 먹여 살리는 하나의 산업이 기후위기로 송두리째 전환을 요구받는 경우도 대비해야 한다. 과거 조선산업이 위기일 때 경상남도 거제 주민들의 마음고생이 심했듯이, 지역을 대표하는 산업의 흥망성쇠에 삶이 달린 이들이 비단 그 산업 종사자들뿐만은 아니다. 사업장 앞에 문을 연 식당, 카페나 가족들이 거주하는 동네에 있는 학원, 마트, 옷 가게 등 다양한 업종의 자영업자들도 영향을 받을 수밖에 없다.

국내 최남단 스키장으로 알려진 경상남도 양산의 한 스키장은 시설을 유지하기 위해 아르바이트생을 줄이고 스키장이 아닌 골프장이나 다른 놀이시설을 추가로 운영하며 버티는 중이다. 온난화의 영향으로 남부 지역의 겨울철 평균 기온이 내내 영상으로 유지되면서 인공 눈을 만드는 제설기 사용이 늘어난 것이다. 스키장을 개장한다고 해도 거둬들이는 수입보다 운영비가 더 들 수밖에 없는 난감한 상황에 내몰리고 있다. 이번 러시아-우크라이나 전쟁과 같이 수입 에너지 공급량이 부족해지는 상황이 온다면, 전기를 만드는 연료비가 오르고 결국 전기 요금이 올라 부담은 더욱 커질 수밖에 없을 것이다.

자동차 산업도 역시 전환기를 보내고 있다. 자동차를 전공하는 고등학생들을 만났을 때 그들은 하늘을 나는 자동차를 꿈꾸고 있었다. 실제로 전기, 수소차를 넘어 자동차 업계에서는 '도심 항공 교통'Urban Air Mobility에 대한 관심도 자라고 있다. 하지만 실제로 그들이 학교에서 배우고 있는 것은 여전히 내연기관차였다. 내가 만난 학생들은 전기차를 학교 수업이 아닌 유튜브 영상으로 배운다고 했다. 내연기관의 엔진 자리에 전기차용 배터리를 넣으면 전기차가 된다고 단순히 생각할 수 있지만, 사실 전기차용 배터리를 가동시키려면 자동차의 모든 부품이 전환되어야 한다. 이 때문에 학생들은 미래 자동차가 어떠한 모습을 띠더라도 꼭 필요한 영역, 차량 테스트나 차체 등의 분야에서 전문성을 키우기 위해 저마다의 노력을 하고 있었다. 불안한 미래에 자신이 선택한 일이 쓸모없어질까 봐 혼자서 길을 찾아가는 모습이 안쓰럽기도, 미안하기도 했다. 제도의 변화가 사회 변화의 속도를 따라가지 못하는 것이 어제오늘의 일은 아니다. 자동차가 평생 자신의 화두가 될 이 학생들에게 앞으로 10~20년의 미래는 내연기관차가 아닌 새로운 자동차를 학습하고 적응하고 상상하는 도전의 시간이 될 것이다.

그나마 이들은 기후변화로 인해 노동 환경이 바뀌고 있는 지금의 변화를 알아채고 능동적으로 대응하고 있는 사람들이다. 미래를 준비하지 못하고 고민하는 이들은 그보다 더 많다. 사회복지를 전공해서 응급구조사가 되고자 하는 한 고등학생은 고민이 깊었다. 미래에 이상기후가 심해지고 감염병이 늘어나면 응급 상황이 잦아질 텐데 자신이 이 꿈을 이어갈 수 있을

지 두렵다고 했다. 생물학자를 꿈꾸는 한 학생 역시 생물다양성이 사라진 시대의 생물학자가 되는 것이 슬프다고 했다. 이처럼 기후위기로 인한 미래 사회의 변화에 영향을 받지 않을 청소년과 어린이는 없다.

기후변화는 이제 미래를 예측하는 하나의 코드가 되었다. 기후변화로 인한 사회 변화를 내다보지 못하면 언젠가 도태될 수 있다는 두려움도 가득하다. 피할 수 없는 불안함의 실체에 용감하게 맞서고 대비하는 것, 지금 우리가 선택할 수 있는 유일한 방법일 것이다.

2부

동그라미를 그리는 환경 문제

살면서 나에게 가장 많은 영향을 준 사람은 엄마다. 결혼 전까지 35년을 같이 살았고 그중 10년 정도는 둘이서만 살았으니 당연한 일이다. 전라남도 고흥 바닷가에서 3남 3녀 중 막내로 태어난 엄마는 70대를 바라보는 지금도 도시를 좋아한다. 나는 이런 엄마를 '차도녀'(차가운 도시여성)라 부르곤 한다.

고흥 나로우주센터에서 누리호가 발사된 뒤 나는 엄마에게 고흥 여행을 제안했다. 엄마는 고향인 고흥보다 관광객이 더 많이 찾는 여수 야경이 더 보고 싶은 눈치였다. 좋아하는 일본 여행지를 꼽자면 나는 고즈넉한 교토를, 엄마는 화려한 도쿄를 고른다. 자연을 좋아하는 어린 딸 눈에는 그런 엄마가 잘 이해되지 않았다. 그런데 엄마의 어린 시절을 들어보니, 그 마음을 조금은 이해할 수 있을 것 같았다.

엄마는 어린 시절 항상 산과 바다, 갯벌에서 놀았다고 했다. 눈 뜨고 일어나 보이는 곳이 다 그런 곳이었으니까 당연했을 것이다. 입을 옷, 먹을 음식, 놀거리 등 모든 것이 부족하던 시대였다. 엄마는 작은 방에 앉아서 늘 인공의 빛으로 화려하게 반짝이는 도시를 꿈꿨다고 한다. 결국 상경해서 회사에 취직한 이후 평생을 서울에서 살고 계신다. 그런 엄마 세대에게 자연은 애초에 극복 대상이었을 것이다. 고향의 푸근함이 지긋지긋했던 걸까. 생활의 편리함과 안락함을 느낄 때 매우 만족해하는 엄마를 볼 때마다 나와 엄마가 정말 다른 시대를 살아온 다른 사람임을 실감한다.

나는 남편에게 그러하듯, 일회용품을 사용하는 엄마에게 생활 속 편리함을 지나치게 추구하는 우리네 삶이 옳을까 하는 질문을 종종 건넨다. 딸을 마음 깊이 사랑하고 이해하고 싶은 엄마는 대체로 내 생각에 동의해 주는 편이다. 그런데 의미 있는 대화를 했다고 생각하다가도, 본가에 가보면 혼자 계신 엄마는 여전히 본인의 방식대로 살고 계신다. 더는 잔소리하는 딸 눈치 보지 않아도 되니 적당히 절약하고, 적당히 편리함을 누리며 말이다.

그런 엄마의 마음을 더 잘 이해하게 된 순간이 있었다. 폭염이 이어지던 어느 여름날, 엄마에게 에어컨이 없던 시절엔 어떻게 살았는지 물어본 적이 있다. 엄마는 바람이 잘 통하도록 창문을 열어두고 그냥 앉아서 부채질을 했다고 했다. 그래도 너무 더우면 시골에 살 때는 원두막에 갔고, 도시에 살 때는 어린 오빠와 나를 데리고 동네 은행에 가서 에어컨을 쐬었다고 했다. 힘겹게 자연을 극복해 온 엄마 세대에게는 편리하고 간편하고 쾌적한 삶을 추구하는 것이 곧 삶의 진보였다는 것을 또다시 느꼈다. 반면 1980년대 중반 서울에서 태어난 나는 자라면서 물질적으로는 크게 아쉬울 것이 없었다. 더위에 힘겨워한 적이 드물고 추위에 떨어본 기억이 없다. 종이나 연필 같은 자원이 부족했던 적도 별로 없다. 엄마와는 반대로 자연을 직접 경험해 볼 일이 별로 없었고, 주변에서 환경 이야기를 하는 사람도 드물었다. 나의 경우 회색빛 도시에 갇혀 더 나은 미래를 보장받기 위해 스스로를 채찍질하고 경쟁하게 하는 사회가 더 마음 깊이 견디기 힘들었다. 경쟁에서 탈락하면 도시의 이면으로 밀려나는 이들을 보면서, 나에게 삶의 진보란 바쁘게 돌아가는 도시를 벗어나 자연의 속도에 맞게 자유롭게 사는 것이 되었다.

엄마와의 대화를 통해 내가 느낀 것은 환경 문제 역시 역사적으로 이해할 수밖에 없다는 점이었다. 각 세대의 환경 인식은 각자가 겪어온 시대적 배경과 깊게 관련되어 있다. 결국 엄마를 이해한다는 것은, 엄마가 대표하는 산업화 세대와 당시의 시대정신을 이해한다는 뜻이었다. 이러한 깨달음은 남은 환경 문제들을 풀기 위해 나와 다른 세대와 어떤 고민을 어떻게 나눠야 하는지를 생각하는 데 도움이 됐다. 환경 문제를 해결하는 나만의 절차를 도형으로 표현한다면, 동시대인들이 함께 겪는 문제라는 점에서 가로선을 그을 수도 있지만, 통시적인 이해가 필요하다는 점에서 세로선을 그을 수도 있었다.

돌아보면 시대마다 환경 문제를 대하는 교육의 모습도 변화해 왔다. 환경 덕후로 보이는 나는 학창 시절에 환경 관련 수업을 들어본 기억이 없다. 그때는 지금처럼 스마트폰이나 유튜브도 없었기 때문에, 학교 교육이 지식을 얻을 수 있는 거의 유일한 방법이었다. 학교에서 환경에 대해 배우지 않으니 나 또한 환경에 대해 생각해 볼 기회가 없었다. 사회 교과목에서 슬쩍 환경파괴의 역사와 문제점, 도시 형성 과정의 빛과 그늘을 다룰 때 어렴풋이 환경 문제의 존재를 알게 되었을 뿐이다. 그마저 완전하지 않았다. 그나마 내 환경 감수성을 채워준 것은 가족들과 함께 갔던 여행, 16년 동안 반려견과 함께 보낸 시간이었다. 친환경 생활을 실천하는 방송인으로 유명한 미국인 타일러 라쉬를 인터뷰한 적이 있는데, 그는 어렸을 때 숲이 우거진 마을에서 자라면서 자연스럽게 자연의 소중함과 고마움을 느꼈다고 했다. 회색빛 성냥갑 아파트로 빽빽한 서울 출신인 나로서는 자연 속에 살며 자연스레 환경의 소중함에 대해 생각하고 공부할 수 있었던 그의 유년 시절이 부러웠다. 나의 세대는 환경 문제를 암기 과목의 한 단락 정도로만 이해했을 뿐이었다.

다행히도 지금 초등학교 저학년인 조카들과 요즘 중고등학생들을 보면 내가 공부하던 시절보다 환경 교육을 받을 기회가 매우 많아진 것처럼 보인다. 학교 수업뿐 아니라 체험학습, 야외 수업, 유튜브 등을 통해 양질의 지식을 얻을 수 있는 방법도 많아졌다. 물론 요즘 도시 아이들은 아파트에 잘 조성된 비오톱을 자연이라고 생각할 수밖에 없다는 한계가 있고, 시험용 공부를 하느라 환경 교과목을 선택해 공부하기가 쉽지는 않을 것이다. 하지만 환경 문제의 중요성을 강조하는 사회 분위기나 시민들의 향상된 의식 수준을 볼 때 학교 밖에서도 환경 문제를 배우고 깨칠 순간들이 적지 않아 보인다.

나는 선생님은 아니지만, 저널리즘을 고민하는 사람으로서 좋은 소통에 대해 자주 고민한다. 가장 지양하는 방식은 정답을 외치고 나를 따르라는 나폴레옹식의 소통이다. 환경 기사를 쓸 때도 마찬가지다. 물론 도덕적, 윤리적으로 반드시 지켜야 하는 환경 시민으로서의 자세는 당연히 배워야 한다. 한정된 자원 속에서 물건을 아껴 쓰고 나눠 쓰고 다시 쓰는 것, 쓰레기를 길거리에 버리지 않는 것, 더러운 폐수를 하천에 그냥 흘려보내지 않는 것, 동식물을 함부로 해치지 않는 것 등은 공동체에 대한 기본 예의이자 시민으로서 마땅히 지켜야 하는 태도이다. 이는 사회화의 기본 과정이니 일방적인 교육으로도 충분히 가능하다.

하지만 이제는 이런 주입식 교육만이 전부가 아닌 시대가 되었다. 환경 문제를 해결하고자 하는 자발적인 마음을 갖는 것은 일방적인 강요로 가능하지 않다. 사람의 마음을 억지로 바꾸려 하는 것만큼 촌스럽고 아둔한 짓은 없다. 궁극적으로는 문제를 바로 보고 스스로 판단하고 관점을 갖게 하는 종착점까지 잘 안내하는 것이 진정한 소통이다. 하나의 우주 그 자체인 개인의 행동을 변화시키는 것, 친환경적 삶을 실천하는 것의 의미를 깨우치게 하는 활동이 한낱 잔소리로 치부되지 않으려면 꽤나 지난한 '빌드업' 과정이 필요하다.

이제 와 돌아보니 환경 교육이 곧 인성 교육이라는 생각이 든다. 환경 교육이란 결국 나와 내 주변 환경에 대해 고민하며 스스로를 이해하고 나아가 주변 생명과 환경을 이해하도록 만드는 것이다. 내 곁의 이웃과 내가 사는 마을부터, 더 나아가 수많은 생명이 함께 살아가는 지구까지. 나를 둘러싼 환경과 나의 관계를 이해하고, 그 안에서 각자의 역할에 대해 깨치도록 하는 것이다. 현재의 관계(가로선)뿐 아니라 과거와 미래의 관계(세로선)를 살펴보면 환경 문제를 다각도로 이해할 수 있다. 나아가 개인의 역사와 경험에 따라 생각이 다를 수 있다는 포용적인 가치관에 기반해, 숱하게 재현되고 있는 여러 환경 문제들을 스스로 어떻게 바라보고 판단해야 하는지 생각할 힘을 기를 수 있다.

결국 좋은 환경 교육이란, 누구나 자신만의 결론에 닻을 내려 책임질 수 있도록 해주는 것이다. 환경과 관련 없어 보이거나 배타적으로 보이는 인권, 노동, 사회정의와 불평등, 세대 갈등 등의 문제들은 실은 환경 문제와 긴밀히 연결되어 있다. 이를 이해하려면 기본적으로 깊고 넓은 사고를 가져야 한다. 따라서 환경적 소양을 기르는 일은 결국 전인적 교육에 가깝다고 생각한다. 기본 도덕, 윤리적 규범을 착실히 배운 아이들이라면 자연을 소중히 여겨야 한다는 당위는 쉽게 받아들일 것이다. 하지만 지식은 부차적인 것이다. 이제부터 필요한 것은 숲과 바다를 거닐고 햇빛과 바람을 맞으며 그 소중함을 느낄 수 있는 생태적 감수성과 이 모든 생명이 영향을 주고받으며 이어져 있음을 이해하는 공감 능력의 확대라고 생각한다. 그렇기 때문에 나는 교육 현장에서 국영수 중심의 수업을 넘어 다양한 방식의 시민교육이 확대되길 간절히 바라고 있다.

환경 지식, 생태적 감수성, 공감 능력이 개인의 실천으로 나아가는 데는 용기와 의지가 필요하다. 목소리 내기를 두려워하지 않을 때 진정한 환경적 소양을 갖춘 시민이 될 수 있다고 생각한다. 이들이 많아진다면 앞으로 환경과 관련된 사회적 논쟁이 불거질 때 지금보다는 장기적이고 가치 있는 판단을 할 수 있을 것이다. 나는 그런 미래를 기대하고 있다.

환경 문제에는 정답이 없기 때문에 결국 정치적 판단으로 이어질 수밖에 없다. 1962년 《침묵의 봄Silent Spring》을 쓴 레이첼 카슨Rachel Carson의 경고에 뒤이어, 1970년 미국 위스콘신 주지사를 지낸 게일로드 넬슨Gaylord Nelson은 4월 22일을 지구의 날로 지정했다. 이후 환경 문제는 정치적 의제로 부상했다. 도시화와 산업화가 일단락된 풍요로운 '팍스 아메리카나' 시대인 1970년, 지구의 날이 지정되자 뉴욕 시민과 학생들 약 60만 명이 센트럴파크에 모였다고 한다. 의회는 휴정했고 학교들은 휴교했다. 환경 문제의 해결을 위해 온 시민이 결집에 나선 역사적인 순간이었다.

한국에서도 환경 문제는 도시화와 산업화의 그늘이었다. 한국전쟁이 끝나고 한국 사회는 회복과 성장만을 위해 열심히 달렸다. 그러다 뒤를 돌아보니, 어느새 세계 최저 수준 국내총생산GDP 국가에서 선진국이 되어 있었다. 이 모든 것을 70년이라는 짧은 시간 동안 이뤄낸 비교군이 없는 국가가 된 것이다. 산업혁명 이후 유럽 사회가, 서부 개척 시대를 거치며 미국 사회가 100~200여 년에 걸쳐 만들어낸 다양한 환경 문제 또한 압축해서 겪을 수밖에 없었다. 이처럼 기후나 환경 문제가 발생된 배경에도 수많은 정치적 판단이 개입되어 있다. 빛이 있으면 그늘이 있듯이, 경제 성장을 위해 택한 정책 뒤에는 늘 대가가 뒤따랐다. 따라서 기후나 환경 문제를 비정치적이라고 말하는 것은 불가능하다. 또한 환경 문제의 해결은 갈등을 조정하고 조율하는 세밀한 과정을 필요로 하기 때문에 특히 정치적일 수밖에 없다. 환경 문제 해결을 위해 노력하는 것이 비단 개인의 실천이나 신념의 영역이라 말할 수 없는 이유다.

한국인의 삶에서 자연과 환경의 의미는 도시와 비도시 중 어디에 살고 있는지, 어떤 시대에 교육을 받았는지에 따라 달라질 수밖에 없을 것이다. 나는 엄마를 통해 이 점을 똑똑히 깨달았다. 각자가 경험한 환경사를 따라가다 보면 그 자체가 한국의 도시사이자 개발사였고, 그 속에서 당대 한국인들의 욕망을 읽을 수 있어 흥미로웠다. 가로로 폭넓게, 세로로 깊게 들여다보려 할수록 환경 문제를 바라보는 다양한 사람들의 마음을 이해하고 나의 시야도 넓어질 수 있었다.

나는 지금도 환경을 둘러싼 다양한 시각들이 마주하는 토론의 순간을 즐긴다. 서로 다른 관점을 가진 다양한 세대, 배경의 시민들과 생각을 나누는 일이 즐겁다. 앞장서서 주장하고 가르치는 기사를 쓰면 부끄럽지만, 내 안의 불완전한 고민을 꺼내며 함께 방법을 생각해 보자고 제안하는 기사를 쓸 때는 보람차고 기쁘다. 모두가 녹색 깔때기로 세상을 볼 필요는 없다. 그렇지만 적어도 자유롭게 자신의 생각과 고민을 나누고 입장을 조율해 가는 것이 당연한 시대로 나아가길 희망한다.

앞으로도 환경 문제는 서로 다른 생각들이 부딪히는 각축장일 것이다. 상이한 환경 인식을 가진 세대, 도시와 비도시와 같이 다른 배경에서 환경 문제를 인식한 이들과의 소통은 더욱 중요해질 것이다. 우리는 모두 역사의 산물이니까, 오늘을 살아가는 나는 앞선 세대와 미래 세대의 중간에서, 또 도시인이라는 한계 속에서 환경 문제를 이해하려 노력 중이다.

　　　　　　　　　　　　　20세기 한국의 환경오염과 생태
계 파괴의 양상도 다른 선진국과 비슷한 궤적을 보인다. 대체
로 도시가 건설되고 산업화가 진행되면서 산과 강과 바다가 먼
저 파괴되고 곧 생태 보호 운동이 시작된다. 경부고속도로와
고속철도, 신도시와 대형 댐 건설, 평창올림픽 개최, 4대강 사
업과 대운하 개발을 추진하기로 한 한국 정부의 정책적 결정
이후에 자연생태 보호 운동이 나타난 것도 마찬가지 이유였다.
원자력발전 중심 전력 구조가 고착화된 뒤 핵폐기물장 반대 운
동이 뜨거웠고, 가습기 살균제 참사나 수입 농산물 개방으로
인해 건강권과 환경권의 문제가 불거지기도 했다. 동시에 우리
가 걸어온 길을 다른 개발도상국 역시 똑같이 걷고 있다. 환경
문제는 역시 국제적(가로)이고 통시적(세로)이다.

　　기후위기 운동을 이끄는 미래 세대 대표로 대부분 스웨덴

의 그레타 툰베리를 떠올린다. 하지만 당연히 이는 혼자만의 운동이 아니다. 툰베리가 매주 금요일 하루를 등교하지 않고 국회 앞에서 1인 시위를 이어가자, 유럽과 미국, 아프리카와 아시아 전역에서 뜻을 같이하는 전 세계의 청소년과 청년들이 함께 목소리를 내고 있다. 수천 명의 회원들은 '미래를 위한 금요일'Fridays For Future이라는 글로벌 기후단체를 조직하고 디지털 기술을 이용해 실시간으로 소통하며 운동을 확장해 가고 있다.

인도의 10대 소녀 리시프리야 칸구잠도 기후환경의 소중한 가치를 지켜가자고 외치는 미래 세대 중 한 명이다. '아동 운동'Child Movement 단체를 설립한 뒤 환경을 되살리고 보전하자고 외치고 있다. 인도의 툰베리라고 불리는 이 소녀는 인도의 심각한 대기오염을 알리기 위해 직접 만든 산소호흡기 '수키푸'SUKIFU를 착용하고 찍은 사진으로 유명하다. 수키푸란 '미래 생존을 위한 장치'SUrvival KIt for the FUture의 줄임말이다. 식물이 내뿜는 산소를 호흡기 마스크로 전달받아 깨끗한 공기를 마실 수 있게 하는 장치인데, 마치 SF영화 속 파괴된 지구를 배경으로 생활하는 인간들이 착용하는 호흡기를 상상하게 한다. 나무가 내뿜는 산소를 직접 호흡에 이용한다는 생각은 그럴싸하지만, 실제 산소호흡의 효과는 없다고 한다. 하지만 어린아이가 이상한 형태의 호흡기를 달고 있는 기이한 모습만으로도 대기 오염에 대한 경각심을 불러일으키기 충분했다.

몇 해 전 미국 서부 캘리포니아를 처음 방문했을 때 느꼈던 자유로움은 숨을 쉴 때마다 느껴지는 한국보다 쾌적한 공기 때문이었다. 코로나19가 발발하기 전이었는데 맑은 하늘과 상쾌한 공기만으로도 하루의 시름을 잊을 수 있는 나 같은 사람에게는 너무나 큰 선물이었다. 한국의 대기질은 전 세계적으로 볼 때 악명 높은 수준이라고 볼 수는 없지만, 어쨌든 경제협력개발국가OECD 중에는 심각한 편이다. 이웃 나라 중국이 내뿜는 오염물질 탓만 하기에는 우리 역시 공업화와 산업화의 역사가 짧지 않다. 실제로 교과서에서 가장 먼저 배웠던 환경오염 문제가 대기오염이었다. 어렸을 때는 시커먼 연기를 내뿜는 노후 차량을 하루에도 몇 번씩 만났고 공장지대에 사는 것만으로도 건강을 걱정하는 분위기가 있었다.

어린 나는 런던을 석탄의 도시, LA를 자동차의 도시로 기억했다. 이것 역시 대기오염과 관련이 있다. 17세기 후반 영국에서는 석탄을 사용한 증기기관이 발명되면서 산업혁명이 시작되었고 급격히 산업화가 진행되었다. 그 후 100여 년 동안 대기오염물질이 제약 없이 배출되다 그 심각성을 깨닫게 된 계기가 바로 1954년 영국 런던에서 발생한 스모그 사건이다. 석탄 사용으로 배출된 배기가스 중 이산화황^{SO2}의 영향으로 스모그 현상이 나타나 약 3주에 걸쳐 4000명 이상이 사망했고 농작물 피해도 심각했다. 이후 만성 폐질환으로 목숨을 잃은 사람까지 포함하면 총 1만 2000여 명의 사상자를 낸 최악의 대기오염 참사로 기록된다. 당시의 사진을 보면 이런 대기질 속에서 정말 사람이 살 수 있나 눈을 의심하게 된다. 런던 스모그가 석탄으로 인한 대기오염의 예라면, 석유를 사용하는 자동차에서 배출되는 배기가스는 태양광과 반응하면 강한 산화물로 변하는 광화학스모그 현상을 일으킬 수 있다. 실제로 이로 인한 피해가 1943년 미국 LA에서도 있었다.

결국 현재의 대기오염은 각국 산업화의 산물이자 그늘이다. 한 소녀가 산소호흡기를 차고 나타난 지금의 인도는 중국에 이어 '세계의 공장'으로 부상하고 있다. 그리고 이는 비단 인도만의 문제가 아니다. 하늘에는 국경이 없고 서로 연결되어 있기 때문에 그 이웃 나라, 더 나아가 전 지구가 대기오염으로부터 안전하지 않다.

한국에서 대기오염이 사회 문제로 인식된 것도 1960년대 국가 주도의 대단위 공업단지 건설이 시작되면서다. 일제강점기 때도 공장을 중심으로 국지적 오염이 진행되었겠지만 1970년대 이후 울산, 여천, 온산 등지에 대단위 석유화학 공단이 건설되며 도시화의 속도가 빨라졌고, 1980년대 이후 사람들이 몰려 살면서 대기오염은 사회 문제로 불거졌다. 그럼에도 경제 성장을 위해 참아야 하는 필요악이라고 치부되는 것이 당시 분위기였고 이런 문제를 무시할 만큼 산업화가 최고의 가치였던 시절이었다.

대법원이 1989년 한국 최초 공해병(공해가 원인이 되어 발생하는 질병) 환자의 피해를 법적으로 인정하면서 환경 문제가 삶의 문제이며 공공의 과제임이 명확해졌다. '검은 민들레'라고 불린 공해운동가 박길래 씨는 1970~1980년대 연탄 공장이 밀집한 상봉동 삼표연탄 공장 주변에 살았다. 그리고 진폐증(폐에 먼지가 쌓여 생기는 병)을 진단받은 뒤 2000년에 생을 마감했다. 공장으로 인해 발생한 공해가 질병의 원인임을 밝히기 위해 소송을 진행했지만, 대법원 승소 판정 이후에도 피해 보상금으로 고작 1000만 원을 받았을 뿐이었다. 깨끗한 환경에서 살 권리를 요구하는 당연한 목소리를 내기도 어려웠던 시절이었다.

공장에서 내뿜는 오염물질은 눈에 보였기 때문에 그나마 일찍 사회 문제로 드러났다. 시간이 더 흘러서야 서서히 학교

나 직장 등 생활 속의 대기오염 문제가 드러나기 시작했다. 특히 2000년대에 들어서야 '석면 사용'의 위험성이 밝혀지며 사회 문제로 떠올랐고, 2009년에야 환경부에서 석면의 신규 사용을 금지했다. 내 기억 속 학창 시절 교실에서 고개를 들면 보이던 하얀색 천장은 모두 석면으로 만든 판으로 마감이 되어 있었다. 가루가 떨어져도, 그 가루가 에어컨 바람에 날려도 아무것도 모르고 그냥 뛰어놀았다.

2010년대에 들어서면서 대기오염 문제는 곧 미세먼지의 문제로 인식되기 시작됐다. 발전소 운영이나 자동차 운행으로 발생하는 대기오염을 해결하기 위해 저감장치 등을 의무화하면서 가시거리 미확보나 매캐한 냄새로 이어지는 일차원적 오염 정도는 유지, 관리되어 가고 있다. 그러나 2013년 무렵부터 증가한 미세먼지와 초미세먼지는 다시 우리의 호흡기를 위협하고 있다. 환경부는 2013년 하반기부터 초미세먼지 대기환경 기준 설정을 발표하고 '미세먼지 예보제'를 시행하기로 했다. 당시 세계보건기구WHO 산하 국제암연구소IARC가 미세먼지를 1군 발암물질로 분류하면서 미세먼지 문제에 시민들이 관심을 갖기 시작했다. 2021년 세계보건기구는 미세먼지(PM10, 머리카락 지름의 1/6~7 크기의 먼지)와 초미세먼지(PM2.5, 머리카락 지름의

1/20~30 크기의 먼지), 오존, 이산화질소, 이산화황, 일산화탄소 등 대기오염물질 6종에 대한 대기질 가이드라인[AQG]을 새로 발표하며 16년 만에 가이드라인을 업데이트했다. 강화된 세계보건기구의 미세먼지 기준과 비교하면 한국의 2019년 기준 미세먼지 평균 농도는 세계 수준보다 네 배 정도 높다.

호흡기로는 느껴지지만 눈으로는 볼 수 없는 미세먼지 문제의 가해자로 한창 경제 성장 중인 중국이 지목되고는 한다. 여론 눈치를 보는 언론들은 주범을 명확히 찾고 싶어 하지만, 과학적으로 보면 그리 쉽게 답을 내릴 수 없는 문제이다.

2019년 11월 한중일 3국은 '동북아 장거리이동 대기오염물질 공동연구 보고서'를 발표했다. 연구진은 2017년 서울, 대전, 부산 총 세 곳에서 미세먼지를 측정, 분석했다. 한국에서 연평균 발생하는 초미세먼지가 3개 국가 중 어디에서 기인했는지를 따져보는 것이었다. 그 결과 국내에서 자체적으로 발생한 미세먼지가 51퍼센트, 중국은 32퍼센트, 일본은 2퍼센트, 기타 15퍼센트인 것으로 나타났다. 평균 기여율만 보면 편서풍대에 있는 한국에 중국이 영향을 주고 있기는 하지만 꼭 중국만이 주범이라고 보기는 어려웠다. 바람의 방향이나 세기, 당시 오염 정도에 따라 미세먼지의 기여율이 달라지기 때문에 무조건

미세먼지는 중국발 오염물질이라고 욕하기가 쉽지 않아 보였다. 한중일 3국 모두 오염물질을 줄이기 위한 공조가 필요하다는 게 전문가들이 내린 결론이었다.

주범을 알 수 없다니 힘 빠지는 결론이었다. 다만 분명한 것은 일본은 한국에서, 한국은 중국에서 오염물질을 배출하면 하늘이든 바다든 영향을 받을 수밖에 없다는 사실이다. 편서풍이 부는 이상 한국은 서쪽에 있는 중국의 영향에서 자유로울 수 없다. 일본 역시 서쪽에 있는 한국에서 버려진 해양 쓰레기나 발생한 대기오염물질에 영향을 받는다. 중국 스스로도 오염물질을 저감하기 위해 노력해야 하는 것은 당연하지만, 무조건 중국 탓만 하는 것은 문제 해결에 도움이 되지 않는다. 한국 역시 일본에 피해를 줄 수 있다는 점에서 노력을 요구받고 있다. 한중일 동아시아 3국은 서로 밀접하게 영향을 주고받을 수밖에 없기에, 힘을 모아 환경 문제 해결을 위한 길을 모색해야 할 것이다.

정부 기관에서 중국 환경 정책을 연구하는 전문가의 말을 들어보면 그 길이 쉽지만은 않다고 한다. 중국과 한국의 환경 정책 교류는 지난 20년에 걸쳐 꾸준히 진행되고 있지만 안타깝게도 아직은 완전하지 않은 수준이다. 모든 외교 정책에서 확인되듯, 미국과 경쟁 중인 중국이 미국과 가까운 한국을 위해 구속력 있는 양자 협약을 체결할 생각은 없어 보인다. 이 때문에 우리 국민의 눈높이나 요구 수준에서는 항상 중국이 미덥지 않은 국가로 인식되는 것도 사실이다. 하지만 외교 관계는 원체 늘 긴장된 줄타기의 연속이었다. 미세먼지뿐 아니라 미세먼지를 품은 황사, 중국 동해안에 늘어선 원전으로 인한 잠재적 위험도 한중일 3개 국가가 함께 논의해야 할 대상이다. 동아시아 국가들의 환경 정책 공조는 앞으로 더욱 중요해질 것이다. 미세먼지로 대표되는 대기오염 문제를 자세히 들여다보면 환경 문제가 얼마나 국제적이고 복합적일 수밖에 없는지를 다시금 느끼게 된다. 자연에는 국경이 없다.

우리가 결혼을 한 첫해, 추석을 앞 두고 첫 성묘를 하기 위해 시가 어른들이 계시는 예천을 찾았 다. 시아버님은 새로 만난 며느리에게 집안 역사를 소개해 줄 겸 예천의 명소인 삼강주막 인근 산 위에 있는 정자에 우리를 데려가셨다. 옆에는 낙동강이 흐르고 있었다. 아직 여름의 열 기가 남아 녹음빛을 머금은 낙동강 물은 청록색이었다. 땀을 식히며 멋진 경치를 감상하던 중 아버님께서 말씀하셨다.

"여기 물이 정말 더러웠는데 이제는 좋아졌구나."

남편도 어린 시절 기억이 떠올랐는지 웃으며 대답했다.

"어릴 때 친척들이랑 여기 놀러 와서 물장구치고 놀고 그랬 잖아요. 그때 물 위에 뭔지 모를 덩어리가 막 떠내려오고 그랬 는데 많이 깨끗해졌네요."

궁금해하는 나의 모습에 남편은 이렇게 덧붙였다.

"주변에 소 축사가 많아서 아마 소똥이 아니었을까 추정하고 있어."

지금도 경상도에서는 안정적인 식수원 확보를 두고 지역들 사이에 미묘한 갈등이 있다. 낙동강 수질을 둘러싼 갈등의 시발점은 1991~1992년 두산전자가 5개월 동안 페놀 원액이 함유된 폐수 325톤을 낙동강에 무단 방류한 사건이었다. 더욱이 이 사건은 대구 지역을 중심으로 수돗물에서 악취가 난다는 제보가 이어지면서야 알려졌다. 발암성 유기물질인 페놀이 생명체에 치명적 영향을 미친다는 것을 증명하기 위해 환경단체에서 살아 있는 금붕어를 페놀에 넣는 야만적인 실험을 자행하면서 더욱 논란이 됐다. 이는 이후 영남권에 식수 문제에 대한 일종의 트라우마를 남길 정도의 대형 사건이었다. 결국 두산전자 공장장 등 직원 여섯 명이 수질환경보전법 위반 혐의로 구속됐다. 당시 두산그룹의 박용곤 회장이 200억 원 기부를 약속하며 선처를 바랐지만 여론은 쉬이 가라앉지 않았다. 두산그룹 계열사였던 오비맥주의 제품을 길에다 쏟아 버리는 시위도 있었고 수도료 납부 거부 결의 움직임도 있었다.

네이버 뉴스라이브러리를 통해 과거 기사들을 찾아보다가 이미 1980년대부터 수질오염 문제가 기사화되고 있었음을 알게 되었다. 1980년대 말 소양호에서도 적조 현상이 나타났다. 4대강 중에는 그나마 북쪽에 있는 한강이, 또 북한강이, 그중에서도 상류인 소양강댐이 가장 맑을 것이라고 예상했지만 실상은 아니었다. 1990년 7월 수돗물에서 발암물질인 트리할로메테인이 최고 기준치의 다섯 배가 넘게 검출됐다는 보도도 있었다. 같은 해 11월 강화도 외포리에서 구입한 새우젓에서 비닐이 나왔다는 보도도 있었는데, 새우를 잡는 그물에 비닐 쓰레기가 절반이나 섞여 올라오니 새우젓에도 비닐이 들어간 것이었다.

그래도 강이 지금 수준으로 회복될 수 있었던 것은 꾸준한 물 관리 노력이 있었기 때문이다. 각종 폐수와 생활하수, 쓰레기 등이 하천에 버려지는 것을 막기 위한 사회적 투자가 있었음을 넉넉히 예상할 수 있다. 그러나 수질오염을 해결하기 위한 약제 처리 과정에서의 문제, 이상기후로 인한 벌레의 출현 등 또 다른 복병이 튀어나왔다. 잔류 염소 수치가 높거나 애벌레가 정수장을 통과해 가정에서 발견되는 등 단순 정화만으로는 해결하기 어려운 문제들이 최근까지도 뉴스로 전해지고 있다.

그렇다면 일상에서 우리가 깨끗한 물을 이용할 수 있게 된 건 언제부터일까? 역사적으로 상하수도 시설의 정비는 도시의 근대화와 직결된다. 깨끗한 물을 이용하고 관리하는 이수와

치수 개념이 국가 행정의 기초이기 때문이다. 그런 점에서 한국의 수도 시설은 100여 년 전부터 근대화되기 시작했다. 서울 성동구 서울숲 인근에 있는 수도박물관에서 상수도 100년의 역사를 보면, 1903년 조선 고종황제로부터 상수도 부설 경영에 관한 특허권을 취득한 미국 기업이 특허권을 다시 조선수도회사에 양도한 뒤, 1908년 이 지역에 뚝도수원지 제1정수장을 준공하면서 한국 상수도의 역사가 시작됐다. 그리 짧지 않은 역사이다.

정수 산업이 발전하면서 수돗물을 음용수로 이용할 수 있다는 홍보도 20년 전부터 해왔다. 한국은 수도법에도 국가나 지방자치단체 및 수도사업자가 수돗물 인식을 개선하고 음용률을 높이기 위해 노력해야 한다고 명시되어 있다. 서울시도 2004년 2월부터 수돗물 이름을 '물' 또는 '강'이라는 의미의 우리말 '아리수'로 바꾸고 음용을 권장해 왔다. 나 또한 아리수 덕분에 수돗물에 대한 이미지가 많이 좋아졌다. 시정 홍보를 유독 많이 했던 당시 이명박 서울시장이 아리수는 먹어도 된다며 행사장마다 페트병에 담긴 아리수를 두었던 기억이 난다. 어린 시절 나는 수돗물을 바로 마실 수 있는 한국 사회가 매우 선진적이며 안전한 사회라는 생각을 하곤 했다.

하지만 현재 우리 가족 중 그 누구도 수돗물을 그대로 마시지 않는다. 주변을 둘러봐도 수돗물을 그대로 마시는 사람은 거의 없는 듯하다. 실제 조사 결과를 살펴봐도 한국 국민 중 수돗물을 식수로 곧장 이용하고 있다는 응답은 5퍼센트 내외이며, 대형 마트의 구매 순위 1위 제품도 단연코 생수다. 반면 유럽연합EU 국가의 경우 평균 74퍼센트의 시민들이 수돗물을 마신다고 응답했고, 경제협력개발기구 회원 국민들이 수돗물을 마시는 비율도 50퍼센트대로 한국보다는 월등히 높다. 이들 국가와 비교하면 한국의 수돗물 음용률은 다소 의아하다. 유럽 국가의 수돗물에는 석회질 성분이 많이 포함되어 있어 일명 '코끼리 다리'를 만드는 부종을 유발할 수 있으므로 음용이 권장되진 않는데도 말이다.

한국의 수돗물이 여전히 불신의 대상으로 남아 있는 이유는 복합적인데, 우선 물이 어디로든 흐를 수 있는 성질을 갖고 있기 때문이다. 시설에서 물을 아무리 깨끗하게 정수한다고 해도 물이 내 몸으로 오기까지의 과정이 모두 깨끗해야 하는데 그러기가 쉽지 않다. 도시의 상하수도 시설이 믿을 수 있는 수준이라고 백번 양보해도, 내 집으로 오기까지 모든 과정이 깨끗할 수 있을지 의심스러웠다. 생수를 사 먹던 우리 가족도 페트병 쓰레기를 줄이기 위해 수돗물을 전기 포트에 끓여 먹어 보려 했지만 얼마 지나지 않아 포기했다. 화장실 샤워기 필터는 갈아 끼운 지 사흘도 지나지 않아 이물질이 끼어 붉게 변해 있었다. 갑자기 수도꼭지에서 녹물이 쏟아져 나올 때마다 당혹스러웠다. 내 나이만큼 오래된 아파트에 사는 나의 아쉬운 경제력을 탓해야 할까. 정수기나 연수기를 사용하는 것과 수돗물 대신 생수를 사먹는 것, 혹은 아예 배관을 새로 바꾸는 것 중 어떤 것을 택해도 에너지나 비용이 추가로 들어가는 건 마찬가지였다.

우리 집뿐일까. 안전한 수돗물이 우리의 몸속으로 들어오려면 정수장의 물만 정수를 잘해서는 안 된다. 도시의 노후한 상수도관과 노후한 주택들의 시설을 고려하면 여전히 수돗물을 먹기가 겁나는 시민들이 많을 것이다. 수돗물은 깨끗하니 무조건 먹어도 된다 말하기 어려운 이유가 여기에 있다. 모든 환경 문제가 서로 이어져 있듯, 결국 깨끗한 물을 어떻게 얻을 수 있느냐는 문제도 도시의 다른 문제들과 긴밀하게 이어져 있다. 특히 대도시의 인구, 주거 문제를 획기적으로 해결하지 않는 이상 수돗물에 대한 사람들의 불신은 계속될 수밖에 없을 것이다.

4

새로 태어나는 도시에서
잊히는 것들

마음을 주었던 사람이, 또 마음을 남겼던 공간이 사라지는 것만큼 슬픈 일은 없다. 그날의 기온과 습도가 유사하게 재현되어도 공간이 전혀 다르게 바뀌어 있으면 추억이 모두 사라진 것만 같아 서러워진다. 언젠가부터는 내가 또렷한 흔적을 남기지 않았다 해도, 잠시라도 머물렀던 공간이 오랫동안 그대로 그 자리에 있어주면 그것만으로도 고마운 마음이 든다.

누군가에게 서울은 관광지일 것이다. 서울내기인 나에게 서울은 삶의 거의 모든 순간이 새겨져 있는 고향이다. 이사를 다녔던 모든 지역에 내 추억들이 남아 있다. 성인이 되고 나서는 집을 벗어나 서울의 중심인 광화문이나 종로 등 도심으로 생활 영역을 넓혀갔다. 처음 사회생활을 할 때 끌려가서 참새구이를 먹었던 종로 피맛골이 사라지고 르메이에르 빌딩이 세워질 때는 아쉬웠다. 낙원상가 옆 종로3가의 예스러운 골목이 힙한 익선동으로 바뀔 때는 설레기도 했다. 새로 태어나고 조용히 사라지는 도시의 풍경을 바라보면서 자연스레 도시와 도시인이 함께 나이 들어가는 서울의 현재를 기록하고 싶어졌다.

그래서인지 나는 동네의 작은 변화들을 잘 기억해 두려 한다. 지금 우리 부부가 살고 있는 오래된 동네도 재건축과 재개발 예정지로 묶여 있다. 세입자인 나에게는 아무런 발언권이 없다지만, 서울에 몇 남지 않은 오래된 동네들이 재개발로 하나둘씩 사라지는 것은 무척 아쉽다. 엄마와 아이가 손잡고 걸어가면 꽉 차는 동네 골목길과 단층 주택들에는 수십 년 동안 고치고 기우며 살아온 주민들의 생활의 흔적이 살갑게 묻어난다. 지붕 위에서 나를 내려다보는 동네 고양이들과 눈이 마주칠 때면 계를 탄 기분이 든다. 서울의 이런 골목들, 구옥들이 하나둘씩 사라지는 것을 일면 주거 공간의 개선이라 말할 수도 있겠지만, 여기에 살았던 이들의 역사도 한순간에 사라지는 것 같아 그 점이 아쉽고 걱정된다. 정작 바쁘다는 이유로 가보진 못하지만 어릴 적 자전거를 타고 내려오던 학교 옆 언덕길이 여전히 남아 있으면 좋겠다는 기대를 품고 있는 것처럼.

환경단체에서 일할 당시 내가 맡았던 업무는 녹지와 하천

등 서울의 생태 공간을 건강하게 지켜나갈 방법을 고안하는 것이었다. 그때나 지금이나 나는 전문성은 부족하고 실력보다는 마음이 더 앞서 있는 사람일지 모르지만, 당시엔 시민사회에서 환경 정책 감시 활동과 정책 제안을 어떻게 해야 할지에 대해 진지하게 고민하고 있었다.

당시 서울시장이었던 오세훈 시장의 주요 공약 중 하나가 '한강 르네상스' 정책이었다. 한강의 공공성을 회복한다는 명목으로 만들어진 정책이었지만 서울이라는 도시를 국제 수변 도시로 탈바꿈하기 위한 일종의 개발 정책이었다. 반포대교의 '달빛무지개분수'와 그 아래 '세빛섬' 등 한강 변 문화 공간 마련과 정비 사업, 수상 교통의 이용 가능성 증대 등이 그가 내세운 사업의 목표였다. 당시 이명박 대통령이 녹색성장의 대표 사업으로 꼽았던 한반도 대운하와 4대강 사업과 유사한 환경파괴, 토건주의적 발상이라는 비판에 직면해야 했다. 10년 만에 재선에 성공한 오세훈 서울시장은 2022년 5월 '한강 르네상스 시즌 2'를 예고하며 한강 변을 또 한 번 개발하려는 계획을 선보이고 있다.

이 사업들에 대한 나의 생각은 그때나 지금이나 크게 다르지 않다. 그러나 그때와 생각이 달라진 부분도 조금은 있다. 당시 내가 속한 단체에서 가장 문제 삼았던 부분은 자연 상태인 강에마저 콘크리트를 바르려는 개발 방식이었다. 물론 이러한 개발 관리 방식에는 여전히 동의할 수 없다. 그렇지만 반포대교 아래에서 강과 분수를 바라보며 즐거워하는 시민들을 보면서 그때 나의 생각이나 행동이 과연 완벽하게 옳았던 것일까 되묻게 되었다. 어쩌면 한강이라는 자연 공간을 모두가 함께 누릴 수 있는 곳으로 지켜나가는 것이 더욱 중요할지도 모른다.

2000만 명 가까운 수도권 시민들이 찾아오는 관광지로서의 한강, 자연환경을 즐기고 누리는 경험 역시 매우 큰 가치로 여겨지는 시대다. 한강을 심미적이고 실용적인 기능이 있는 공간으로 이해하려는 노력도 자연과 인간이 공존하는 하나의 방식이라고 생각한다. 안타까운 것은 우리 사회가 자연환경의 실용적이고 경제적인 가치를 깨닫게 되면서 그것의 공공성은 훼손되고 있다는 점이다. 마침내 발견한 모두의 한강은 빠른 속도로 누군가의 한강이 되어가고 있다. 한강이 보이는 비싼 식당에서 야경을 즐기거나, 강변에 살 수 있는 이들의 삶의 질은 물론 높을 것이다. 그렇지만 이 즐거움을 시민들 누구나 향유할 수 있어야 이 자연과 문화는 더욱 가치가 있다.

미국 뉴욕에 갔을 때 허드슨강을 보기 위해서 빌딩 숲 사이를 한참 걸었던 기억이 난다. 차 없는 뚜벅이 관광객이었던 나는 빌딩 숲에 가려진 강이 잘 보이는 곳을 찾아 걷고 또 걸었다. 취재를 위해 반포대교를 건너 강북과 강남을 오갈 때마다 한강을 가려버리는 주상복합 아파트의 위용에 놀라며 그때의 기억을 다시 떠올리곤 한다. 고층 빌딩 숲에 가려진 한강은 고가도로에 올라 반포대교에 진입하면서야 한눈에 드러난다. 도시의 숨 막히는 답답함을 한 번에 뚫어주는 한강의 시원한 풍경을 느끼려면 강남을 벗어나야 한다. 하지만 이제 그마저도 쉽지 않을 것 같다. 강남을 벗어난 다른 지역에서도 하나둘씩 한강 변을 따라 고층 아파트가 들어서고 있기 때문이다. 마치 누군가가 촘촘하게 장벽을 쌓고 있는 것처럼.

자본을 이기는 역사는 없는 걸까. 모두에게 공평했던 자연이 누군가의 소유물이 되어가는 것은 자본주의 사회에서 피할 수 없는 운명처럼 생각되곤 한다. 정말 이 자연을 모든 시민이 함께 향유할 수 있도록 지켜가자는 공공의 약속은 불가능할까. 너무나 이상적인 기대일까. 한국의 메트로폴리탄에 살고 있기에 할 수 있는 한가한 상상일까. 가난한 서울내기는 서울에 쌓여가는 높은 빌딩들을 바라보면서 고향을 잃어버린 것과 같은 아련함과 비애감을 느낀다.

5

전기는 국산이지만
원료는 수입입니다

"전기는 국산이지만 원료는 수입입니다." 거리를 걷다가 회색 변압기에 적힌 문구가 눈에 들어왔다. 너무나 익숙해서 모두가 잊고 있던 사실이다. 꽤 오랫동안 정부 주도 캠페인에서 활용되어 온 문구였는데 어쩐지 지금처럼 절절히 들린 적이 없었다.

실제로 우리가 쓰고 있는 전기는 한국전력공사가 판매하고 있는 국산이지만 원료인 연료들은 대부분 수입된다. 2022년 러시아와 우크라이나의 전쟁 이후 자원 강국들이 안보 차원에서 자원을 무기화하면서, 에너지 빈국인 한국의 기름값과 난방비가 폭등했다. 그동안 저렴한 전기 요금에 가려져 잊고 있던 원료 수입의 문제가 제대로 불거지는 중이다. 앞으로도 계속 반복될 문제라는 점에서 전문가들은 대안을 찾아야 한다고 앞다퉈 말하고 있다.

'공공성'은 나의 오랜 관심사였다. 기자로서 환경 문제를 고민하고 다뤄온 것도 공공재인 환경을 어떻게 활용하고 또 어떻게 보호할 것인가에 관심이 있었기 때문이다.

"물, 전기, 가스는 상품이 아니다."

대학 시절 이 문구가 내 마음을 사로잡은 것도 비슷한 이유에서였다. 캠퍼스 안과 밖에서 이 구호가 들려올 때마다 가슴이 뜨거워졌다. 물과 전기와 가스만 있다면 더 많은 사람들이 인간답게 살 수 있을 텐데. 인간을 인간답게 만들어주는 기본적인 에너지원은 상품이어선 안 되고 모두가 자유롭게 접근해 이용할 수 있어야 한다고 생각했다. 그러나 그러한 이상은 현실과는 분명히 거리가 있었다. 물, 전기, 가스가 상품이 아닌 시대는 과거에도 없었고, 아마 미래에도 불가능할 것이다. 특히 전기와 가스는 사용한 만큼의 '요금'을 내야 하는 상품이며, 한정된 자원을 분배해야 하는 한국과 같은 자원 빈국에서는 더욱 그럴 수밖에 없다. 풍족할 때는 위기의식을 느끼기 어렵지만, 부족해지면 갈등이 시작된다.

2023년 1월 제주도에서 만난 광어 양식장 어민들도 이 상황을 심각하게 받아들이고 있었다. 전기 요금 인상의 부담을 양어장 어민들부터 지게 되었다며 정부의 전기 요금 정책이 부당하다고 입을 모았다. 그들은 자신의 양어장 앞 도로에 현수막을 내걸어 전기 요금 인상 과정에서 농어민들이 입은 피해에 대해 하소연했다. 양식장 한 곳 기준 한 달에 약 1000만 원, 1년이면 1억 원이 넘는 요금을 추가로 납부해야 한다는 주장이었다.

이 문제가 환경 문제와 어떤 관련이 있을지 직관적으로 떠올리기 어려울 수 있다. 그러나 모든 환경 문제가 그렇듯, 차근차근 원인을 따져보면 결국 에너지 자원 배분의 문제 역시 환경 문제에서 기인한다는 것을 알 수 있다.

전 세계적 과제가 된 기후변화를 막기 위해서 수많은 국가들이 탄소 배출을 줄이기로 약속했다. 또 탄소 배출을 줄이지 않으면 선진국과의 무역 과정에서 불이익을 받을 수 있음을 명시하는 규제도 늘어나고 있다. 탄소 배출을 줄이는 가장 효과적인 방법은 주요 에너지원 중 하나인 화석연료 사용을 줄이는 것이다. 그러나 이미 익숙해져 버린 화석연료의 의존도를 급격히 낮출 수는 없기에 한국을 포함한 전 세계 국가들이 장기적인 과제로 '탈탄소, 에너지 전환' 정책을 설계해 가는 중이다.

그러던 중 지난해 러시아–우크라이나 전쟁이 발발했다.

미국 등 서방 국가들 모두와 대치 중인 자원 대국 러시아는 믿는 구석이 있었다. 러시아 정부가 유럽에 공급해 오던 천연가스를 무기화하면서 유럽 에너지 수급 불안이 현실화됐다. 아무리 에너지 전환을 추진 중이라도 당장의 혹서기와 혹한기에 사용할 에너지를 확보하는 것이 각 국가들의 단기 과제가 되었다. 장기 과제인 기후변화 대응보다 '발등에 떨어진 급한 불'인 에너지 수급부터 신경 써야 했다. 당장 쓸 전기를 만들지 못하면 공장이 멈출 것이고, 그러면 국민들의 삶도 불안정해지다 보니 앞다퉈 에너지와 원자재를 구하려는 이들이 늘었고 전 세계 에너지 가격이 폭등했다.

이럴 때 한국과 같이 수입 연료 의존도가 높은 나라는 큰 타격을 입는다. 전체 전력 발전량의 65퍼센트 이상을 석탄과 천연가스에 의존하고 있는 한국은 비싼 가격을 주고서라도 원료를 수입할 수밖에 없다. 결국 높게 지불한 가격만큼 시민들에게 청구하는 전기 요금을 올릴 수밖에 없는 것이다. 30조 원 가까운 적자를 쌓아 올리며 저렴한 전기 요금 제도를 버텨 주던 한국전력공사의 재정 상황도 더 이상 두고 볼 수 없는 지경에 이르렀다. 천연가스 요금에 연동되어 도시가스 요금이 결정되는 난방비의 구조 역시 전기 요금 체계와 유사하다. 결국 정부는 전기와 가스 요금을 인상하고 있다. 다만 잘 알려지진 않았지만, 전기 요금은 물가를 고려해 산업용 15퍼센트, 일반용 18퍼센트, 농사용 35~74퍼센트씩 인상률을 차등 적용했다. 농사용 전기 요금을 그동안 저렴하게 공급해 왔기 때문에 이를 조정한다는 논리였다.

내가 만난 어민들 중에는 가족의 생계가 광어 양식에 달린 이들이 많았다. 또한 양식장 하나에는 외국인 노동자들을 포함해 수십 명의 관련 산업 종사자들의 삶이 매여 있었다. 이들은 한국의 광어 양식 역시 세계적으로 인정받는 수출 산업이라며 타 산업계와 마찬가지로 정부의 지원이 필요하다고 호소했다. 하지만 정부는 광어 양식 어민보다는 삼성과 SK하이닉스, 현대자동차, 포스코 등 기업이나 일반 시민들에게 에너지 요금 부담을 지우지 않는 방안을 더 고려했던 것으로 보인다.

에너지 문제는 자원 배분의 문제이기 때문에 결국은 정치 영역의 과제이기도 하다. 누구에게 우선적으로 자원을 배분할 것인지 결정하는 것은 매우 중요한 정치적 결단이다. 환경 문제를 어떠한 방식으로 해결할 것이냐는 질문은 결국 어떤 세상을 바라느냐는 질문과 맞닿아 있다는 것을 또다시 확인할 수 있었다.

전기는 국산, 원료는 수입이라는 한 문장을 떠올리다 보니 덜컥 두려운 미래에 대한 상상까지 이어졌다. 꼬리에 꼬리를 물고 이어지는 고민들 속에서 벌써 지쳐서는 안 된다. 거리에서 흔히 보이는 캠페인 문구를 그동안 그냥 흘려보냈다면 이제라도 기억해 보자. 당장의 내 차 기름값과 우리 가정의 난방비 때문만이 아니다. 안정적인 에너지원을 확보하기 위한 전 세계 패권 다툼이 이미 시작됐기 때문이다.

석유와 천연가스가 풍부한 북해 근처의 유럽 국가들은 북해의 바람에 주목한다. 석유를 무기화하며 1970년대 석유파동을 일으켰던 중동 역시 중동에 쏟아지는 태양을 활용할 방법을 찾고 있다. 광물 자원이 많은 중국은 이를 바탕으로 내연기관차 시대를 뛰어넘어 전기차 시장을 바로 공략하고 있다. 모든 자원이 풍부한 미국은 기후변화 대응과 보호무역주의를 내세운 인플레이션 감축법IRA을 통과시키며 중국과의 경쟁 구도를 강화하는 동시에 재생에너지와 전기차 공장을 미국으로 귀환하기 위한 전략을 가동하고 있다.

무기를 들지 않았을 뿐 이 또한 일종의 에너지 확보 전쟁인데, 한국은 우리만의 무기 하나 없는 형국이다. 러시아나 중국, 미국, 북유럽, 중동과 달리 에너지 자원이 많지 않은 한국에서는 자원이 풍족한 미래를 꿈꾸기 어렵다. 화석연료뿐 아니라 좀 더 저렴하다는 우라늄 역시 러시아와 중국에서 30퍼센트 이상을 수입하고 있다. 화석연료나 원자력을 대신할 수 있는 물질로 달에 매우 많이 분포할 것으로 추정되는 '헬륨3'가 있지만, 이 역시 한국이 미국이나 중국보다 먼저 달에 가서 구할 수 있다고 보기 어렵다. 한국이 스스로 보유할 수 있는 자원은 무엇일까. 우리가 가진 자원이라고는 인재뿐이라는 말이 있듯이 인재와 인재들의 활약으로 갖게 된 기술력, 누구에게나 동등하게 주어진 자연환경뿐이다.

제주 양식장 어민들을 만나고 서울로 돌아오던 길, 자원이 부족해질 때마다 누군가를 위해 더 희생하는 이들이 있다는 생각에 마음이 무거웠다. 이 모든 것이 전기는 국산이지만 원료는 수입이기 때문이었다.

6

모든 것은
어디론가 가게 되어 있다

동그라미, 세모, 네모, 오각형 등 다양한 도형 중에서 자연환경과 가장 닮아 있는 도형은 아무래도 동그라미임이 분명하다. 환경 문제를 마주할 때마다 '모든 것은 이어져 있다'는 철학적 진실을 깨치게 되기 때문이다. 생태학자이면서 정치가였던 배리 카머너Barry Commoner는 《원은 닫혀야 한다The Closing Circle》에서 "모든 것은 어디론가 가게 되어 있다"Everything must go somewhere라는 말을 통해 그 진실을 말하고 싶었던 것으로 보였다.

쓰레기 문제에 눈을 뜬 사람이라면 사라지지 않는 쓰레기를 보며 이 말의 뜻을 확실히 이해할 것이다. 열심히 분리수거를 잘한다고 해도 결국 발생한 쓰레기는 어디론가 가야 한다. 그동안 눈에 보이지 않았을 뿐 지구 어딘가에 내가 쓰고 버린 쓰레기들이 차곡차곡 쌓여 있을 것이다. 쓰레기는 국경을 넘어 다니기도 한다. 한동안 중국은 전 세계 폐기물을 수입하는 나라였고, 한국도 2016년이 되어서야 바다에 쓰레기를 버리는 폐기물 해양 투기를 금지했다. 동쪽으로 부는 바람인 편서풍과 해류 때문에 한국은 중국을, 일본은 한국과 중국을 쓰레기 투기 국가로 규정하고 다투기도 했다. 각국이 포화 상태에 이르자 쓰레기들은 갈 곳을 잃었다. 지금도 전국 각지에서 나오는 쓰레기들을 치울 폐기물 처리장을 찾지 못해 지방자치단체와 중앙정부가 고심하고 있다. 물과 이산화탄소로 분해되는 데 수백 년 이상 걸린다는 석유로 만든 플라스틱 쓰레기들을 처리하지 못해 전전긍긍하며 플라스틱 줄이기 캠페인이 도처에서 벌어지기도 한다.

인수공통감염병인 코로나19가 발생한 배경에는 결국 환경 문제가 있다. 동물과 인간의 불필요한 만남(박쥐 포획과 서식지 파괴 등)으로 바이러스가 다른 종에게 옮겨가 변이를 만들면서 치료제가 없는 전염병이 급속도로 확산되는 팬데믹을 불러온 것이다. 자연을 이용하고 착취하기도 한 인간의 문명 그 자체가 코로나19라는 괴물을 낳았다는 분석들이 이어졌고, 이번 팬데믹이 잦아들더라도 이러한 감염병은 언제나 또다시 나타날 수 있다는 경고도 있었다. 인간의 활동이 나비효과를 일으켜 이 같은 환경 문제를 낳은 사례가 너무나 많다. 플라스틱 사용이 늘어나면서 미세플라스틱을 피해야 하는 숙제를 얻었고 각종 화학물질을 이용하면서 새집증후군과 같은 새로운 질환이 생겨났다. 살충제 남용으로 내성이 생긴 해충에 의한 슈퍼 질병도 출현했다. 더 먼 미래를 생각하지 못하는 인간들의 행동이 어디론가 가서 차곡차곡 모여 결국 펑 하고 터지는 일이 반복되었다. 그제서야 인간들은 해결책을 찾기 위해 다급하게 움직이곤 했다.

자연 앞에 인간은 나약한 존재다. 하지만 가끔 그 사실을 잊게 만드는 다양한 생활 속 화학물질이 있다. 무의식적으로 수많은 화학물질에 노출되고 이를 이용하면서 살고 있지만 배리 카머너의 제1원칙을 떠올리면 참 마음이 무거워진다. 나의 하루는 보통 양치를 하며 시작되는데 겨우 눈을 뜨고 잡은 치약에는 환경호르몬의 한 종류인 파라벤이 함유되어 있다. 이를 다 닦은 후에는 강한 향균 작용을 하는 트라이클로산이 함유된 비누와 샴푸로 몸을 씻는다. 일산화탄소가 나오는 가스레인지를 켜고 발색제인 아질산나트륨이 가득한 분홍 소시지로 간단한 요리를 해 아침을 먹은 뒤 사용한 그릇은 내분비계 장애를 일으킬 수 있는 알킬페놀 성분이 포함된 세정제로 설거지한다.

정리가 끝나면 플라스틱 펜을 가방에 담고 석유에서 뽑은 섬유로 만든 옷을 입고 출근을 한다. 내가 먹고 쓰고 바르는 것이 나를 이룬다면 나는 절대 무해할 리 없다. 당연히 인체에 유해하지 않게 상품화해 판매하겠지만, 이것들이 차곡차곡 쌓여 어떤 결과를 불러올지는 아무도 모른다.

알면서도 바쁘다는 이유로 외면하며 살았던 것 같다. 편리하니까, 예쁘니까, 다들 그렇게 사니까 괜찮다고 생각하며 의심 없이 사용했다. 그런데 결혼을 하고 꽤 건강 체질인 나와 달리 민감한 피부를 가진 남편과 함께 살면서 달리 보이는 것들이 생겼다. 피부 좋다는 소리를 자주 들었던 나와 달리 남편은 손발이 갈라지고 피가 날 정도로 피부가 건조한 편이었다. 아토피와 만성염증 등의 피부질환은 다른 질환보다 경미하다고 인식되는 경우가 많다. 하지만 남편을 옆에서 지켜보니 일상생활의 많은 부분에서 큰 불편함을 겪고 있었다.

특히 요즘처럼 개인위생이 중요해진 시기에 남편은 더 괴로워했다. 손이 아픈 기간에는 손소독제나 물수건이 닿기만 해도 쓰라려하는 남편을 보면서 무신경하게 손소독제를 사용하던 나를 돌아보게 됐다. 코로나19가 발발한 뒤 여기저기서 손소독제를 나눠주는 탓에, 손소독제를 사용하는 것이 습관이 됐다. 물로 손을 씻으려다가도 귀찮아서 물티슈나 손소독제로 쓱싹 닦아버리곤 한다. 이렇게 무의식적으로 사용하는 많은 화학 물질이 내 몸에 어떤 영향을 주며 어떻게 쌓여왔을지 무심했다는 것을 깨달았고, 앞으로도 화학물질로부터 완전히 격리된 삶을 살 수 없다는 것을 인정할 수밖에 없었다.

내 인생의 여름이었을 20~30대 청춘기를 마무리하다 보니 온갖 약을 먹고 있는 내 모습도 돌아보게 됐다. 일만 하느라 운동을 꾸준히 하지 못한 업보로 얻은 저질 체력은 부메랑이 되어 내 발목을 잡고 있다. 일 처리가 꼼꼼하지는 않지만 오늘 할 일을 내일로 미루지 말자는 교훈을 실천하려 노력해 온 나의 인생도 저질 체력 때문에 서서히 흔들리고 있다. 몸이 버티지 못하기 때문이다. 그러다 보니 온갖 약을 복용하며 일상을 버텨가는 게 당연하다고 생각했다. 하지만 가끔씩 너무 많은 약이나 영양제를 먹는 것이 나의 몸에 어떠한 영향을 미치게 될지 고민하다 보면 덜컥 겁이 나기도 한다.

문명의 속도를 따라가기 위해 우리가 사용하는 숱한 인위적인 것들의 시작과 끝을 상상하는 것이 필요해 보인다. 자연과 인간, 환경과 문명은 모두 이어져 있다는 생각을 늘 되새겨야 한다. 모든 것은 어디론가 가게 되어 있다는 말은 결국 자연을 이용하는 것이 공짜가 아니라는 말과 일맥상통한다. 자연의 모든 것은 빌려 쓰는 것이란 말을 흔한 수사로 사용하지만 실제로 모든 것은 어디론가 가게 되어 있고 흔적이 남는다는 사실을 우리는 너무 쉽게 잊는다. 세상에 공짜가 없듯이 자연을 누리는 데에도 지나친 욕심은 금물이다.

3부

다른 존재가 말을 걸 때

1

동생 주리가 남긴 선물

나의 부모는 각자의 고향을 떠나 서울에서 청년기를 보낸 첫 번째 세대였다. 전쟁 이후 아이를 많이 낳아 이름 붙여진 베이비붐 세대의 큰형 격이다. 서울에서 일을 하다 만난 부모님은 가진 것은 별로 없어도 열심히 돈을 벌었고 결혼을 해서 오빠와 나를 낳았다. 한국 경제의 빠른 성장기답게 호시절이 찾아와 일한 만큼 벌 수 있다는 믿음 하나로 집을 늘려가면서 중산층의 지위를 유지할 수 있었던 것 같다. 풍족하지는 않아도 딱히 부족함이 없던 시대였다.

당시 전형적인 중산층 4인 가정의 화룡점정은 반려동물을 키우는 것이었다. 1990년대 중반 이후 한국 사회에도 미국처럼 일종의 '퍼피붐'이 불었다. 여느 미국의 가정처럼 반려동물(당시는 애완동물이라고 더 많이 불렀다)이 함께 사는 핵가족이 완벽한 가정의 모습이라는 기대가 있던 시대였다. 우리 집도 그랬던 걸까. 부모님은 동네에서 알고 지내던 아저씨네 집 강아지가 새끼를 여러 마리 낳았다며 그중 한 마리를 20만 원을 주고 데려오셨다. 생후 40일 정도 된 새끼 강아지. 1996년생 암컷 요크셔테리어. 이름은 오빠와 내 이름에서 한 글자씩 따서 주리라고 지었다. 그렇게 내 동생이 생겼다.

주리를 입양했을 당시에 나는 내 앞가림하기도 벅찼고 지금처럼 시야가 넓거나 깊게 사고하지 못했기 때문에 반려동물을 입양했다는 것의 무게감을 전혀 몰랐다. 당연히 주리의 몸을 씻기거나 똥오줌을 치우는 기본적인 돌봄은 부모님의 몫이었다. 나는 주리와 함께 놀이터에서, 이불 속에서 노는 것만 좋았다. 주리는 사람의 말을 하지 못하지만 이상하게 나의 마음을 이해하는 것 같아 보일 때가 자주 있었다. 책상 옆에 방석을 깔아두고 언니 책 읽는 동안 너는 잠을 자라고 하면 주리는 옆에 앉아 있다가 머리를 방석에 대고 스르륵 잠이 들었다. 자기 전에 침대에서 뒹굴다가 나를 쳐다보면 내 마음을 알고 나를 바라보는 건가 싶었다. 시리도록 마음이 외로웠던 날이면 따뜻한 주리의 체온을 느끼며 울다 잠들기도 했다. 이불을 끌어 올려 덮고 싶은데 발 아래 묵직한 무언가 걸려서 이불이 내 맘대로 움직이지 않으면 짜증이 살짝 났다가도 주리가 이불 밖에서 자고 있다고 생각하니 귀여웠다. 바라는 것도, 서운한 것도 없었던 사이. 난 그런 우리의 관계가 좋았고, 그 마음들 어딘가에 사랑이 있다고 생각했다.

내 동생 주리는 1996년부터 2012년까지 우리 가족 곁에 살다 어느 여름날 한낮에 무지개다리를 건넜다. 주리가 떠난 지 벌써 10년이 지났다. 그동안 다른 반려동물을 또 입양하고 싶기도 했지만 자신이 없었다. 내가 도시양봉을 배운 것도, 엄마와 남편과 함께 집 안에서 물고기와 새우, 다슬기를 키우는 삶을 택한 것도 사람 손이 많이 가는 개나 고양이보다 좀 더 거리를 두고 마음을 나눌 수 있는 생명과의 관계 맺음부터 다시 시작하고 싶어서였다. 주리에게 지은 죄를 생각하면 나라는 인간의 모자람이 자꾸 떠오른다. 그러나 동시에 라디오를 들으며 친구에게 보낼 편지를 쓰느라 바빴던 사춘기 시절, 답 없는 취업 스펙을 쌓느라 지쳤던 청년 시절, 새벽녘 술에 취한 채로 택시에서 내렸는데 가족 품에 있던 주리가 몸을 흔들며 안겼던 순간, 웃고 울었던 나의 모든 순간에 주리가 함께했다는 것이 다행이라 느껴진다.

주리와 내가 어렸던 시절, 이제야 막 동물의 권리에 대해 사회적으로 논의가 시작되던 시기였다. 지금이야 동물복지나 동물권에 대해 말하는 이들이 많고 나 역시 그렇다. '동물복지 문제연구소 어웨어'는 전국 성인 남녀 2000명을 상대로 조사한 결과를 담아 '2022 동물복지에 대한 국민인식조사' 보고서를 발표했는데, 94퍼센트의 시민들이 민법을 개정해 동물의 지위를 물건과 구분해야 한다는 것에 동의했다고 한다. 그러나 당시만 해도 동물은 철저히 물건으로 여겨졌고 우리 가족의 인식 수준도 크게 다르지 않았다.

당시에는 유기 동물을 입양하는 식으로 반려동물을 만나는 일은 거의 없었다. 대부분 지인을 통해 분양을 받거나 동물병원이나 펫 숍에서 물건을 사듯 외모가 예쁜 새끼 동물을 골라 구입했다. 주리의 조부모 역시 여전히 사회 문제로 남아 있는 '강아지 공장'의 순종견이었을 가능성이 컸다. 주리도 그렇게 태어나서인지 장년으로 접어들면서 잔병치레가 잦았다. 슬개골, 신장, 자궁 등 몸 여기저기에서 이상 신호가 나타났다. 당시만 해도 중성화 수술을 동물의 번식권을 침해하는 행위라며 부정한 것으로 치부했기 때문에 주리도 중성화 수술을 시키지 않았다. 같은 종의 동물과 만날 일이 드물고 주로 인간과 함께 사는 반려동물들은 중성화 수술을 하는 것이 그들의 삶의 질을 높이는 데도 도움이 된다. 하지만 그때는 그런 생각을 전혀 못했다. 수술을 하지 않으면 암컷의 경우 유선 종양에 쉽게 걸리고, 수컷은 전립선 질환이나 항문 주위 탈장이 생긴다. 호르몬 때문이다. 주리가 나이가 들고 몸이 서서히 아프고 나서야 중성화 수술을 해줄걸, 하는 후회가 밀려왔다. 수의사는 고령이라 수술이 위험할 수 있고, 수명을 고려하면 이제 와 할 필요는 없어 보인다고 말했다.

주리는 고관절도 좋지 않았다. 지금이야 강아지들의 관절에 딱딱한 마룻바닥이 부담일 수 있다는 것을 알고 매트도 깔아주지만 그때는 전혀 몰랐다. 작은 몸의 몇 배 높이인 소파로, 침대로, 의자로 폴짝 뛰어오르는 모습이 귀엽고 신기해서 그때마다 손뼉을 치며 웃었을 뿐이다. 마음이 약해져서 사람 먹는 음식도 부모님 몰래몰래 줬다. 염분이 들어 있거나 포도, 초콜릿처럼 강아지에게 먹이면 안 되는 음식들도 꽤 먹였던 것 같다. 그러다 주리가 아프면 주리를 품에 안고 병원으로 달려갔다. 주리의 몸이 점점 쇠약해져 가면서 성당에 나가 우리 주리 오래오래 살게 해달라고 기도하는 날이 많아졌다. 어디가 아픈지 말 못 하는 주리가 걱정되는 마음도 있었지만, 치료비가 많이 들 것 같아 걱정되는 마음도 컸다.

반려동물을 키우고 싶은 사람 중 상당수는 병원비가 걱정돼 입양을 주저한다. 반려동물이 제 수명을 다 채우고 산다고 치면 1000만 원 이상의 비용이 들어간다는 연구 결과도 있다. 당연한 일이다. 애를 낳아도 동물을 입양해도 한 생명이 유지되려면 기본적으로 의식주가 보장되어야 하기 때문이다. 한국의 퍼피붐을 이끌었던 1세대 반려동물들은 이제 모두 무지개다리를 건넜다. 다만 한 세대를 거치면서 고령 반려동물의 건강한 노후를 어떻게 보장할 것인가 하는 과제가 사회 문제로 남았다.

당시 나는 병원비가 비싼 것도 부담이었지만, 병원마다 진료 범위와 비용이 다른 것이 가장 답답했다. 사람의 경우에도 어떤 의사를 찾아가느냐에 따라 비용이 달라질 수 있는 것처럼 동물 역시 그럴 수 있다. 다만, 같은 병을 진단받고 같은 수술을 해도 병원마다 가격이 왜 다른지 보호자가 알 길이 없다. 수술 방법이나 사용 약물이 다르고 서비스가 다르기 때문이라는데, 명확한 근거를 공개하지 않다 보니 '부르는 게 값'이라는 불만도 터져 나온다. 수의사도 가격 경쟁에 피곤함을 호소한다. 아픈 반려동물이 있는 가족이 해야 할 일은, 부지런히 반려동물 동호회 카페에 올라오는 동네 동물 병원 후기를 살펴, 싸고 친절하고 능력 있는 병원을 찾는 것이 되었다.

그래도 세상은 조금씩 달라지고 있다. 질병마다 약속한 진료 범위를 정하고 표준 수가를 정해 공개하라는 반려동물 가족들의 요구에 맞춰, 2023년 1월부터 수의사 2인 이상인 동물 병원은 진료비를 홈페이지 초기 화면에 게시하거나 병원 내부 잘 보이는 곳에 인쇄물이나 벽보의 형태로 비치하도록 하는 진료비 사전 게시제가 실시됐다. 또 모든 동물 병원은 중대 진료 시 예상 비용을 의무적으로 설명해야 한다. 농림축산식품부는 2024년 상반기까지 진료 항목을 표준화하고 진료비 편차를 줄이기 위해 전국 동물 병원 진료비를 조사해서 결과를 공개하기로 했다.

　　주리는 1년을 많이 아파하다 2012년 8월 어느 토요일, 내 품에서 무지개다리를 건넜다. 주리가 당시 기자 2년 차였던 나의 바쁜 일상을 기다려준 것은 아닐까 싶었다. 일 생각을 하지 않아도 되는 휴일 한낮 내 심장 가장 가까운 곳에서 나를 바라보다 숨을 거둔 주리의 마지막 모습이 잊히지 않는다. 힘겹게 버티던 작은 몸의 전원 버튼이 꺼지듯 주리가 고개를 떨궜다. 찰나였지만 내 기억 속 주리의 마지막 순간은 느리게 재생되는 화면처럼 천천히 흘러간다. 조부모의 임종도 직접 본 적이 없는 내게는 처음 마주한 임종이었다.

우리는 주리를 시골집 마당에 묻었다. 불법인 걸 알면서도 그냥 묻었다. 여전히 나는 주리와 마음으로 이어져 있는데 주리를 아무 곳에서나 잠들게 하고 싶지 않았다. 집에서 죽은 반려동물은 법적으로 생활폐기물로 분류되어 있어 종량제 쓰레기봉투에 담아 버려야 하지만, 가족을 쓰레기봉투에 담아 버리는 사람은 아무도 없다. 주리를 보내면서 한국에도 프랑스처럼 반려동물 공공화장장이 많이 생겼으면 좋겠다고 생각했다. 그래도 다행히 지난 10년 동안 국내에 동물화장장이 많이 지어졌다.

최근 반려문화는 퍼피붐이 불었던 초기 반려문화와는 많이 달라졌다. 과거 반려동물은 안정적이고 완전한 가정을 상징하는 어떤 문화적 의미가 강했다. 지금은 1인 가구를 비롯한 다양한 가족 형태에서 반려동물과 함께 사는 경우가 많고 정말 마음을 나누는 가족으로서 관계를 맺는다. 경제적으로 풍요로운 집에서만 반려동물을 키운다는 생각은 시대착오적이다. 오히려 사회적 활동이 많은 가정에서는 시간 부족 등을 이유로 반려동물과 함께하지 않는 삶을 택하는 경우도 많아졌다. 앞서 소개한 동물복지연구소 어웨어의 같은 조사 결과를 보면 열 가구 중 네 가구가 반려동물과 함께하고 있다고 한다. 반려문화는 점점 다양해지고 있고, 인간의 삶과 동물의 삶도 더욱 가까워진 듯하다.

반려동물부터 농장동물과 야생동물까지, 한국 사회의 동물복지 논의 역시 퍼피붐과 함께 자랐다. 동물복지 담론을 수용할 사회적 토대는 반려문화의 확산에서 시작되었다. 주로 끔찍한 동물 학대나 도살, 유기 등의 마음 아픈 사건으로 여론이 들썩이면서 계단 오르듯이 한 발 두 발 전진해 왔다. 2000년대 들어 생겨난 동물보호 단체 역시 지난 20년 동안 점점 그 수와 저변이 넓어지고 있는데, 이런 변화도 반려문화에서 출발한다.

내가 주리로부터 배운 것은 무엇일까. 바로 동물과 나의 거리가 가깝고도 멀다는 사실이었다. 그 뒤로 다른 생명을 마주할 때도 주리로부터 배운 이 '거리'를 떠올리게 되었다. 가끔은 너무 가까운 거리가 두려워 일부러 한 발짝 멀어지기도 했고, 때로는 한껏 가까워져 함께 슬퍼하기를 택하기도 했다. 아직도 거리에 관한 고민은 여전하지만 나와 다른 생명을 이해하고 사랑하고 떠나보내는 방법은 늘 비슷했다. 베풀고 받음의 효능을 느끼며 함께 걸어가기. 약한 존재에게 무한한 정을 가진 나로 성장할 수 있었던 것은 주리 덕분이었다. 나는 항상 그 점을 고맙게 생각한다.

2

기름 뒤집어쓴
뿔논병아리를 살리고 싶었어

주리가 무지개다리를 건넌 뒤 우리 가족은 지금까지 반려동물을 키우지 않는다. 일종의 '펫로스'를 앓은 셈이다. 문을 열고 들어가면 쪼르르 달려오던 주리가 이제는 없다는 사실이 허전했다. 나는 아직도 주리와 노는 꿈을 꾸는데 잠에서 깨면 주리가 없다는 사실에 마음이 서늘해졌다. 그래도 1년여 동안 간호를 하면서 이별을 준비했고 주리에 대한 글을 여러 편 쓰면서 애도를 했기에 지금의 평온이 가능한 것 같다.

주리가 떠난 뒤 엄마와 나는 물고기를 길렀다. 이번에도 엄마가 아는 아주머니로부터 구피 몇 마리를 얻어 오면서 시작됐다. 한창 일을 배우느라 바빴던 나는 엄마의 어항에 관심을 두지 않으려 했지만 집에 또 다른 동물이 있다는 사실만으로도 반가웠다. 거실과 엄마를 지켜주고 있는 물고기들에게 고마움을 느꼈고, 엄마가 전해주는 구피들의 순산 소식에 내 마음도 기뻐지곤 했다. 생각해 보면 퍼피붐이 불기 전 중산층의 상징은 '어항'이었다. 1970년대를 배경으로 한 드라마 속 부잣집에는 늘 화려한 무늬의 관상어들이 헤엄치는 어항이 등장했다.

엄마만큼 물고기를 애정하는 남편을 만나 신혼집에도 어항이 생겼다. 한때는 물고기 종마다 개별 어항을 두느라 어항이 네 개나 됐지만 일상을 유지할 수 있을 만큼의 40리터짜리 어항 두 개로 통폐합했다. 한 어항에는 애호박을 좋아하는 채식주의자(로 보이지만 잡식인) '안시'와 구피를 포함한 물고기 친구들과 다슬기가 노닌다. 또 다른 어항에는 섬세한 새우와 다슬기, 그리고 청소부 물고기인 코리도라스가 살고 있다. 나와 남편의 관심을 듬뿍 받았던 노란색 새우와 큰 코리도라스 한 마리가 무지개다리를 건넜을 때는 베란다 작은 텃밭에 묻어주고 기도해 줬다. 남편과 나는 새우나 물고기들이 우리를 떠날 때 불러줄 이름이 없어 난감했다. 그렇지만 이름을 붙여주는 순간 그들이 우리에게 너무 큰 존재가 될까 봐 겁이 났다. 이제는 작은 이별도 내게 너무 크게 다가올 것 같았다. 주리와의 이별로 한번 관계를 맺는 순간 최선을 다하고 온 마음으로 돌봐야 한다는 사실을 절실히 깨달았기 때문이기도 했다.

내가 주리를 보낸 뒤에야 이 중요한 사실을 깨달은 것처럼, 우리는 이미 되돌릴 수 없는 일이 벌어지고 난 다음에야 더 소중한 것이 있었음을 뒤늦게 깨닫곤 한다. 환경 문제도 그랬다. 2007년 12월 7일 오전 충청남도 태안군 만리포 북서방 8킬로미터 해상에서 허베이스피리트호의 원유가 유출되는 사고가 일어났다. 국내에서 벌어진 최대의 해양오염 참사였는데, 당시 기름을 뒤집어쓴 뿔논병아리 한 마리의 사진이 신문과 방송에 공개되며 참상이 세상에 알려졌다. 나는 한 장의 사진이 어떤 긴 글보다도 많은 걸 담아낼 수 있음을 그때 처음 깨달았다.

사건의 전말은 이랬다. 예인선 삼성 T-5호와 삼호 T-3호 두 척이 해상 크레인 부선 삼성 1호를 병렬로 연결해 항해하던 중, 왼쪽에 있던 T-5호의 예인줄이 절단되는 사고가 발생했다. 예인 중이던 부선 크레인이 통제력을 상실하면서 대산항 입항을 위해 정박 중이던 홍콩 선적 허베이스피리트호와 충돌했고, 유조선에 선적되어 있던 약 1만 2547리터의 원유가 해상으로 유출됐다. 이전까지는 1995년 여수에서 발생한 씨프린스호 사고로 5053톤이 유출된 것이 최대였는데 그 두 배가 넘는 양이 유출된 것이다. 이후 나흘 만에 충남 태안, 서산, 보령, 서천, 홍성, 당진 등 6개 지역이 특별재난지역으로 선포됐다.

당시 국가기록원 자료를 보면 약 123만 명의 자원봉사자들이 태안을 찾아 방제와 복구 작업에 힘을 모았다고 한다. 대학생이던 나도 뉴스를 보고 현장으로 가는 버스에 몸을 실었다. 지금보다 감수성이 더 충만했던 시절이어서 그런지 현장에 덕지덕지 붙은 기름때를 보자마자 눈물을 흘렸다. 태안의 해변은 정말 추웠다. 그래도 허리를 펴고 둘러보면 정말 많은 시민들이 한마음으로 기름을 닦는 모습이 보였고 그때마다 어떤 벅차오름을 느꼈다. 우리가 늘 당연하게 누려왔던 바다가 까맣게 뒤덮인 모습을 보며 잃어버린 후에야 소중함을 알게 된 내 자신이 부끄러웠다. 죽어가는 생명은 뿔논병아리만이 아니었다. 눈빛을 느낄 순 없지만 검은 해변 곳곳에는 갯벌을 숨 쉬게 해주는 조개와 게들이 죽어 있었고, 몸에 기름띠를 두른 물고기들이 폐사한 채 해변까지 밀려와 있었다. 작은 생명들이 작은 숨 한 번 내뱉지 못하고 고통스럽게 죽어갔을 것이란 생각에 마음이 아팠다. 그리고 이 해양생물들과 삶을 꾸려온 어민과 주민들의 황망함을 생각하니 참담했다.

기자라는 직업 때문인지 나는 동물들이 고통받는 현장을 적지 않게 목격했다. 동물권을 고민하는 팀에서 취재해 온 탓도 크다. 하지만 보통의 사람들은 다큐멘터리 등의 매체를 통해 엿볼 수 있는 정도일 것이다. 그래서 2000년대 중후반까지 환경 문제에 경각심을 갖게 하는 가장 효과적인 방법 중 하나가 동물의 고통을 보여주는 식의 홍보였다. 녹아내리는 얼음 빙벽 위에 북극곰 한 마리가 위태롭게 서 있는 모습이 기후변화의 상징적인 이미지가 된 것도 이때였다.

나는 동물이 고통받는 모습을 보고 왜 사람들의 마음이 움직이는 걸까 궁금했다. 생각해 보면 오래전부터 인간은 동물을 이용해 생각과 마음을 전해왔다. 호랑이는 용감무쌍해 화재나 수재 같은 액운을 막아주고 악귀를 물리쳐 준다는 의미를 지니고 있어 호피나 호랑이 발톱 노리개 같은 것을 갖고 있으면 잡귀나 액운을 막을 수 있다고 생각했다. 거북이는 신과 인간을 연결하는 신성한 동물로 여겨졌고 장수, 인내, 힘을 상징하는 십장생 중의 하나였다. 이처럼 동물의 성격과 생활 방식을 보며 의미를 붙이고, 이를 통해 의사 표현을 하는 문화가 자리 잡으면서 인간은 동물과의 거리를 점점 좁혀왔다. 인간과 같은 생명인 동물을 더 가까이 느끼게 되면서, 동물의 마음에 더 쉽게 공감할 수 있게 된 게 아닐까.

특히 현대사회로 접어들면서 동물은 인간에 밀려 약자가 되었다. 인간 눈에 보이지 않는 야생 어딘가로 쫓겨났다. 그런 동물의 삶을 들여다보면 인간의 삶과 비슷하다는 생각을 하게 되는지도 모른다. 자신의 터에서 쫓겨나고, 기본적인 존엄을 훼손당하고, 기본적인 욕망조차 충족하지 못하는 동물의 모습에서 인간의 모습을 발견하기도 하기 때문에 동물의 괴로움과 슬픔에 더욱 공감하게 되는 것일지도 모른다.

검은 기름을 뒤집어쓴 뿔논병아리를 보면 이 새가 곧 숨을 쉬지 못해 죽어갈 것이라는 사실을 누구나 쉽게 알 수 있다. 그러나 변화는 아는 것에서 한 발 더 나아가, 나와 다른 생명의 고통과 아픔에 진심으로 공감하는 것에서 시작된다. 나는 그때 뿔논병아리의 아픔에 공감해 참 많이 아팠다. 그런 아픔이 나를 태안으로 이끌었다.

동물의 아픔에 마음이 움직인다면 작더라도 그 마음을 간직했으면 좋겠다. 스스로 동물과의 거리와 그 의미를 깨달을 수 있도록 흘러가는 마음을 억지로 막지 말고 내버려 두라고 말하고 싶다. 동물과 나의 적정한 거리에 대해 고민하기 시작하면서 나는 동물과 인간의 관계를 고민하게 되었고, 이런 고민들이 환경 문제를 이해하는 데 많은 도움을 줬다. 동물과 인간이 완전히 같다고 말하는 게 아니다. 그렇다고 인간이 동물보다 우월하며, 그들을 대상화해도 된다는 뜻도 아니다. 동물과 인간의 적당한 거리와 현재의 관계 맺음에 대한 자신만의 답을 찾아간다면 동물과의 공존, 동물과 인간을 살게 하는 환경 문제가 더는 어렵고 낯설게 느껴지지 않을 것이다.

3

곰 세 마리가 받아 든 운명의 시간표

충격적이었다. 곰을 사육하는 농가에서 농민 부부가 탈출한 곰의 습격을 받아 숨진 채 발견됐다는 뉴스였다. 뉴스를 보자마자 마음이 아팠고 사건 뒤에 숨은 이야기가 궁금했다. 사건이 일어나고 두 달 뒤 나온 보도를 보면, 부부는 아파트에서 키우던 새끼 곰들이 몸집이 자라자 자신들이 운영하는 방목장에 풀어 키우다 참변을 당했다고 한다.[3] 사육곰이 부부를 습격한 이유가 무엇이었는지는 곰이 아닌 이상 누구도 알 수 없을 것이다. 그렇지만 한국 곰 사육 제도의 모순적 상황을 아는 이들이라면 사건의 이면에 얼마나 오래된 슬픔이 묻혀 있을지 어렴풋하게나마 예상할 수 있을 것이다. 나는 이 사건으로 줄곧 고민해 온 동물과 인간의 적당한 거리에 대해 또다시 생각해 보게 되었다.

한국에서 곰을 볼 수 있는 곳은 크게 세 군데다. 첫 번째는 곰 사육 농가이다. 과거 정부는 농가의 소득을 증대하기 위한 사업으로 곰 사육을 장려했다. 그렇게 곰을 사육해 곰의 쓸개나 발바닥 등을 판매하는 농가가 생겨났다. 두 번째로는 정부가 복원 사업을 통해 방사한 반달가슴곰들이 지리산에 살고 있다. 마지막으로는 전국 동물원에 사는 곰들이 있다. 동물원에는 불곰, 흑곰 등 다양한 종의 곰이 있다. 이들 중 반달가슴곰은 세 곳 모두에서 볼 수 있다.

왜 다 같은 반달가슴곰인데 이들의 삶과 환경은 이렇게 달라졌을까. 이 땅의 반달가슴곰들의 운명을 들여다보면 동물을 바라보는 인간의 시선을 재확인할 수 있다.

시작은 사육곰 정책 도입 시기로 거슬러 올라간다. 반달가슴곰은 국제적멸종위기종[CITE](멸종위기에 처한 야생동·식물종의 국제거래에 관한 협약에 따라 국제 거래가 규제되는 멸종위기종)으로 지정되었지만 전 세계적으로 쓸개, 발바닥, 피 등이 식용으로 거래되어 왔다. 1980년대 초 한국 정부는 농가의 소득 창출 수단으로 곰 사육을 장려했다. 그러나 세계적으로 곰 보호에 대한 목소리가 높아지면서 곰 수입 전면 금지(1985년), 무역 제한 조치(1993년) 등이 이어졌고 그때부터 국내로 들여온 사육곰은 사실상 판로가 끊기고 방치되었다. 곰을 식용으로 이용하는 사람이 줄어들면서 곰 사육 농가는 정부에 방법을 찾아달라고 호소했다. 그러나 정부는 묵묵부답이었다.

환경에 관심을 갖고 환경단체에서 자원봉사 활동을 하면서 지내던 20대의 나는 2007년 무렵 곰을 데리고 상경해 시위를 하는 농민들을 본 적이 있다. 트럭에 싣고 온 철창에 갇힌 곰의 모습은 도시와는 어울리지 않았다. 곰 농가는 경제적 어려움을 호소했다. 정부가 권해서 시작했는데 이제는 밑 빠진 독에 물 붓기처럼 곰만 떠안고 있는 신세라는 것이다. 내가 좋아서 함께 사는 반려견이나 반려묘도 먹이를 주고 적절한 돌봄을 제공하는 것이 여간 힘든 일이 아니다. 그런데 덩치도 크고 생태 습성도 기존 가축과 다른 곰을 어떻게 사육해야 하는지 정부도, 농가도 제대로 된 정보가 없었을 것이다. 마치 개 농장에서 사육되는 개처럼 뜬장에 갇혀서 음식물 쓰레기를 먹고 옆 철창 속 곰과 싸우면서 겨우 버티는 게 사육곰의 일상이었다. 곰도 농민도 그 누구도 현재 상황을 유지하기를 바라지 않는 지옥도가 펼쳐지고 있었다.

환경단체들의 요구로 2010년대 중반에야 사육곰들의 중성화 사업이 시행됐다. 이후 관할 지방청의 허가를 받은 증식만 가능해졌지만 일부 농가에서는 불법 증식이 계속됐다. 곰은 사유재산이다. 정부가 곰들을 일괄 매입하지 않는 이상 곰 도살과 학대 등 곰에 대한 모든 권한은 농장주에게 있기에 문제를 해결하기가 더욱 어려운 것이다. 최근 자료를 보면 국내 사육곰은 약 350마리, 사육 농가는 20여 곳이 남아 있다.

반면 지리산 반달가슴곰은 극진한 대접을 받았다. 반달가슴곰 복원 사업은 1997년에 열린 '지리산 반달가슴곰 보전 심포지엄'에서 처음으로 공식 논의됐다. 당시 산림청장은 "반달곰이 국제적 보호종으로 중요하고 한국 국민의 정서에도 맞으며 생태적으로도 적합하다"고 발표했다. 이후 러시아, 북한, 중국의 반달가슴곰을 수입한 뒤 2004년부터 복원 사업이 시작됐고 2022년 5월 기준 지리산에는 79마리의 반달가슴곰이 살고 있다고 환경부는 발표했다.

지난 18년 동안 정부는 반달가슴곰의 복원을 위해 곰들에게 위치추적기를 달아 지리산에 방사했다. 곰들이 어디에서 어떻게 살고 있는지 늘 관리했고 이름도 체계적으로 붙여줬다. 지리산에서 80킬로미터 떨어진 수도산까지 돌아다니다 차에 치이기도 한 반달가슴곰의 이름은 KM-53(오삼이)이다. 2015년 1월 한국(Korea)에서 태어난 수컷(Male) 53번 반달가슴곰이란 뜻이다. 부모 이름은 CM-33과 CF-37(Female)이다. 국립공원 관리공단이 중국(China)에서 번식을 목적으로 들인 반달가슴곰의 새끼들이다. 오삼이의 부모는 한배에서 오삼이의 형제인 KM-54를 낳았다. 곰들은 인공수정 방식으로도 새끼를 낳는다. 2022년 5월 벌써 손주 세대를 넘겨 4세대 새끼가 태어났다. 복원 사업은 성공적이라는 평가를 받는다.

그렇다면 동물원에 사는 반달가슴곰의 환경은 어떨까. 동물원에서 곰은 코끼리나 호랑이, 돌고래만큼이나 대표 동물로 꼽힌다. 이런 이유에서 전국 대다수의 동물원이 곰을 보유하고 있는데, 이들은 유리 벽 안 좁은 시멘트 바닥에서 지내는 경우가 많다. 동물원 곰 역시 지리산 반달가슴곰에 비하면 매우 열악한 환경에서 살고 있다. 해외의 여러 나라는 자연 속에 곰들을 풀어두고, 인간이 차를 타고 다니며 이를 훔쳐보는 방식의 '생추어리형 동물원'을 도입하고 있는데, 한국에는 아직 이 방식을 도입한 주요 동물원은 없다.

반달가슴곰은 네발로 흙을 밟으며 나뭇잎이나 열매를 따 먹고 시냇물에서 물장구를 치면서 노는 것을 좋아한다. 그렇지만 사육곰과 동물원 곰들은 평생 이런 삶을 살 자격이 없다. 모두 같은 반달가슴곰인데 이들의 운명은 왜 이렇게 달라졌을까. 어느 집에서 태어나느냐에 따라 운명이 달라지는 시대라지만,

곰들 역시 억울해 보인다. 억울한 사육곰과 동물원 곰들을 대신해 지리산 반달가슴곰을 보호, 관리하는 국립공원공단에 물었다. 지리산 일대에서 자유롭게 살고 있는 곰들처럼 다른 곰들도 자연으로 돌아갈 순 없는 거냐고.

지리산 곰들이 자유로울 수 있는 이유는 순종이기 때문이었다. 러시아 연해주와 중국, 북한 쪽에 사는 '우수리 아종'만이 지리산에서 자유롭게 살 수 있다고 했다. 순종의 곰들을 다시 원래 살던 이 땅에 풀어주자는 것이 복원 사업의 본래 의미였다. 반면 사육곰들은 일본이나 대만에서 수입된 해양계 반달가슴곰이기 때문에 그 후손들을 이 땅에 풀어주면 생물다양성을 훼손하고 생태계를 교란할 수 있다는 이유로 풀어줄 수 없다고 했다. 한편으로는 사육곰들이 농장에서 근친교배 등을 통해 잡종화가 일어났다는 이유를 들었다. 동물원 곰들도 역시 그렇게 혈통이 오염되었기 때문에 방사는 불가능했다. 심지어 지금 남아 있는 사육곰은 다 중성화 수술을 강제로 시행한 상태이다. 혹여 지리산 반달가슴곰과 같은 우수리 아종의 야생곰을 만나도 번식하지 못하도록 말이다.

사육곰 정책은 모두에게 상처를 남긴 채 역사 속으로 사라지게 됐다. 그나마 다행인 것은 환경부에서 전라남도 구례군과 충청남도 서천군에 생추어리 조성을 추진 중이라는 점이다. 사육곰들은 우선순위에 따라 생추어리로 이송될 것이다. 또한 수의사, 훈련사, 예술가, 변호사, 작가 등이 만든 '곰 보금자리 프로젝트'에서 역시 사육곰을 자연으로 돌려보내기 위한 활동을 하고 있다. 혈통이 다르다는 이유로 운명이 달라지는 곰의 삶에서 다른 민족과의 결혼, 출산, 이민 등이 터부시되어 왔던 한국 사회가 겹쳐 보였다. 자연에서도 종이 다르다는 이유 하나만으로 인간에 의해 서로 다른 운명의 시간표를 받아 든 곰들의 모습에 마음이 무거웠다.

어느 날 아이가 있는 선배가 문득 말을 걸어왔다. 내가 쓴 동물원 기사를 잘 읽었다고 했다. 그런 기사를 보면 마음이 괴롭고 불편해진다며 본인도 동물원이 없어져야 한다고 생각한다 했다. 하지만 그렇게 되면 동물을 좋아하는 아이가 섭섭해할 것 같다고 덧붙였다. 동물원 동물들의 불쌍한 삶을 알지만 아이를 생각할 수밖에 없는 선배의 상황을 알 것 같았다. 그런 이유로 선배는 동물권을 이야기하는 기사를 자꾸 외면하게 된다며 고민을 털어놓았다. 사실 같은 고민을 하고 있는 사람들을 이전에도 많이 만났다. 나는 그때마다 많은 독자들이 그런 불편함을 느낀다는 것을 잘 알고 있다고 답하곤 한다. 그 불편함을 붙잡고 현재 동물원의 문제와 미래 동물원의 모습에 대해 진지하게 고민해 본 적이 있다면 그것만으로도 참 고마운 일인 것 같다고 덧붙이며 말이다.

비혼 시절 나는 슬플 때나 즐거울 때, 주말에 딱히 일이 없을 때 혹은 일에 치여 힘이 들 때, 틈만 나면 동물원으로 떠났다. 동물원을 거닐면서 햇볕도 실컷 쬐고 불어오는 바람을 한껏 느끼는 그 순간이 행복했다. 먼발치에서 동물을 바라보거나 동물을 보지 않아도 벤치에 앉아 쉬면서 한가로이 시간을 보낼 수 있는 동물원에서의 휴식이 나는 참 좋았다.

특히 경기도 과천에 있는 '서울동물원'이나 서울 광진구에 위치한 '서울어린이대공원 동물원'은 너른 시민 휴식 공간을 자랑한다. 과거 권위주의 정부가 도시화를 진행하면서 계획적으로 터전을 잡았기 때문이다. 그 시절 한국의 동물원은 복합 휴양 기능을 갖춘 유락 공간이자 지역의 자랑이었다. 동물원이 있다는 것은 주로 권역에서 가장 잘나가는 도시, 인구가 많은 도시라는 뜻이었다. 지금처럼 레저 문화가 발달하지 않아 놀이 시설도 부족했던 시대, 공영 동물원은 지역의 자존심과 같았다. 그러나 지역 도시의 쇠퇴와 함께 경제난을 겪는 공영 동물원들이 생겨나기 시작했다. 경상권 공영 동물원으로 내 나이만큼 오래된 진주의 진양호 동물원을 방문했을 때, 동물 관리가 어려워 보일 정도로 시설이 낡고 더러웠다. 하지만 이를 수리할 경제적 여력은 없어 수년째 그대로 방치되었다고 한다. 공영 동물원의 경우 그나마 사정이 낫다. 민간 동물원은 개인의 사유재산이기 때문에 더욱 관리의 사각지대에 놓이기 쉽다. 강원도 원주 치악산에서 운영되었던 테마파크 '드림랜드'는 계속해서 경영난에 시달리자 동물원을 그대로 방치했다. 굶주리고 병든 채 우리에 갇혀 있는 동물들의 모습이 보도되며 큰 사회적 논란이 되기도 했다.

나도 아이를 낳고 아이와 함께 동물원에 갈 미래를 그려본 적이 있다. 생전 처음 야생동물을 눈앞에서 보는 아이에게 동물원은 재밌고 신기하고 흥미로운 공간일 것 같다. 엄마인 내가 진심을 다해 좋아하는 동물들을 보여주면서 아이에게 동물과 나의 거리를 설명하고 싶은 로망도 있다. 물론 어떤 아이냐에 따라 동물원이 무섭거나 냄새나고 피하고 싶은 공간일 수도 있겠지만, 만약 아이가 좋아한다면 동물원에서의 한때는 나와 아이에게 소중한 추억이 될 것이다.

그런데도 동물원을 생각하면 복잡한 고민들이 꼬리에 꼬리를 물고 이어진다. 동물원을 당장 모두 폐쇄하는 것은 현실적으로 쉽지 않은 길이다. 동물원이 인간에게 주는 유희의 유익함, 고용 창출과 같은 실용적이고 산업적인 효과를 고려해서가 아니다. 과거 만들어진 동물원을 모두 없애고 동물들을 제 고향으로 돌려보내는 것은 현실적으로 불가능하다. 설령 그럴 수 있다고 해도 시간이 오래 걸리기 때문에 귀환을 기다리다 동물들이 먼저 무지개다리를 건널 수도 있다.

그렇다면 동물원은 어떠한 방식으로 유지되어야 하는 걸까. 동물의 권리 보호를 위해 신경 쓰는 동시에 경영적 성과가 나쁘지 않아 지속 가능한 동물원 위주로 통폐합해 운영하는 것이 낫지 않을까. 하지만 그 경우 다른 문화시설처럼 수도권 또는 대도시 쏠림 현상이 심해지는 것은 아닐까. 공영 동물원의 입장료 가격은 어떻게 해야 할까. 시민 편의를 생각한다면 싼 값에 동물원을 유지하는 편이 좋지 않을까. 하지만 동물들에게 최소한의 환경도 제공하지 못하는 지역 공영 동물원의 경영난을 고려한다면 오히려 입장료를 더 높게 받아서 동물을 위한 복지 기금을 마련해야 하는 것은 아닐까. 동물원 문제를 고민하는 이들이라면, 모두 이렇게 복잡하고 불편한 고민들을 마음 한편에 계속 품고 있을 것이다.

동물원은 자신이 가진 권력을 자랑하고 싶어 하는 인간의 욕망으로부터 시작되었다. 미지의 영역이던 자연의 지배자들을 자신의 발아래 불러 모았다는 사실이 자신의 힘과 권력을 증명한다고 생각했다. 실제로 권력을 가진 이들만이 야생동물을 수집할 수 있었다. 동물을 길들일 수 있을 만큼의 노동력과 경제력이 필요했기 때문이다. 개인의 수집욕에서 시작된 동물원이 전문화, 상업화되면서 현재의 모습을 띠게 되었다. 비록 권력 과시용으로 시작되었지만, 현재는 종, 서식지 보존과 동물 연구의 목적을 띠고 교육적 역할을 수행하기도 한다. 동물원이 없었다면 야생의 다양한 종의 역사와 생태를 지금만큼 연구하긴 힘들었을 것이다. 지금도 많은 동물원들이 동물들에게 풍부한 영양을 제공하려고 하고, 행동풍부화교육 등 전문적인 사육 방식을 고민하면서 이들을 정성껏 보살피고 있다. 물론 애초에 동물원이 만들어지지 않았다면 가장 좋았을 테지만, 동물원의 복합적인 역할과 역사를 고려한다면 동물원을 동물을 가두고 전시하는 착취적인 곳이라고만 쉽게 욕하기는 어렵다.

동물원은 동물의 해방부터 동물과 인간의 공존까지 다양한 고민을 떠올리게 하는 공간이다. 동물원을 찾아온 아이들의 까르르 맑은 웃음소리를 들으면 마음은 가벼워질 테지만, 동물들의 잉태와 출산, 건강과 복지, 또 동물을 사랑하는 사육사들의 안전 등 여전히 존재하는 문제들을 잊어서는 안 된다. 나 또한 동물을 사랑하는 사람으로서 사육사들의 마음에 대해서 생각해 볼 기회가 있었다. 2012년 박원순 서울시장이 전격적으로 제주 바다에 방류하기로 해 논란이 되었던 서울동물원의 남방큰돌고래 제돌이 취재를 하면서 만난 사육사들의 표정은 복잡해 보였다. 제돌이를 떠나보내는 사육사들은 제돌이를 가장 아끼고 사랑하는 사람이지만 동시에 제돌이를 가둔 동물원의 직원이기도 했다. 누구의 잘못이라 말하기 어렵지만, 동물원이라는 공간이 인간과 동물의 불안하고 불편한 관계로 유지되는 곳이라는 것을 다시 한번 느끼게 되었다.

2017년 공영 동물원의 미래를 그려보기 위해 동료들과 미국과 영국, 프랑스, 일본, 대만, 싱가포르의 공영 동물원을 다녀오고 기획 기사를 쓴 적이 있다. 깊은 고민 끝에 나는 미래의 동물원이 가급적 동물의 자연스러운 모습을 볼 수 있는 공간이자, 동물들에 대한 존경심이 드러나는 공간이면 좋겠다는 결론을 내렸다.

동물의 자연스러운 모습을 보면 동물이 달라 보인다. 생추어리 개념의 동물원들은 자연 속에 동물을 풀어놓고 사람들이 기차를 타고 다니면서 이들이 살아가는 자연스러운 모습을 먼 발치에서 지켜보도록 한다. 영국 스코틀랜드 지방 케언곰스 국립공원의 '하일랜드 와일드라이프 파크' 등이 유명하다. 동물복지 선진국으로 알려진 유럽의 국가들은, 생추어리 동물원에 갔을 때 동물이 어디 있는지 찾을 수 없다면 어쩔 수 없는 일이라고 말한다. 비록 생추어리 동물원이 아프리카 초원만큼 광활하지는 않았지만 그곳에 사는 동물들은 좁은 우리에 갇혀서 정형행동(같은 동작을 반복하는 것)을 보이는 한국의 동물원 동물들과는 비교가 되지 않았다.

교육적 효과도 한국의 낙후된 동물원보다는 동물권에 대한 사회적 합의 수준이 높은 주요 선진국의 동물원이 클 수밖에 없다. 대만 타이베이동물원의 자이언트판다관 곳곳엔 떠들지 말라는 안내문이 붙어 있다. 초등학생들도 떠들거나 뛰지 않고 조용히 관람하는 모습이 인상적이었다. 결국 동물에 대한 존중은 교육의 결과였다. 싱가포르 동물원은 동물이 관람객의 시선을 피할 수 있도록 은신처를 만들어 두었고, 관람 장소도 인간 중심적이지만은 않았다. 동물원부터가 동물에게 세심한 관심을 기울이고 배려하고 있다는 것을 느낄 때, 관람객 역시 동물을 존중해야 한다는 것을 배울 수 있다.

나는 여러 동물원 중 동료 기자가 다녀온 일본 아사히야마 동물원의 이야기가 특히 인상적이었다. 동물의 죽음을 대하는 태도 때문이었다. 동물원에서 지내던 레서판다가 죽자, 그의 죽음을 애도하는 내용을 팻말에 자세히 적어 게시해 두었다고 한다. 비록 작은 동물 한 마리가 죽은 거라 생각하고 대수롭지 않게 지나갈 수 있지만, 아사히야마 동물원은 이를 중요하게 생각해 관람객이 동물의 마지막을 함께 애도할 수 있도록 준비한 것이다. 동물을 단순 관람 대상으로 여기지 않는 그들의 태도에 교육 효과도 있어 보였다. 반면 한국의 한 공영 동물원의 동물 폐사 소식은 지역 뉴스 단신으로만 확인할 수 있었는데, 내가 동물원 쪽에 죽은 동물의 이야기를 공개해 달라고 요청하자 동물원은 불쾌해하며 공개 의무가 없다고 답했다.

동물원과 수족관에 관한 법률은 2016년 제정된 뒤 정비되어 가는 중이다. 2022년 11월 국회 본회의를 통과한 법안을 보면 동물원과 수족관은 등록제가 아닌 허가제로 전환된다. 전시 동물들의 열악한 서식 환경을 개선하기 위해 동물의 복지를 고려하는 다양한 관리 제도를 강화하는 것이 법안의 골자이다. 동물을 10종 또는 50개체 이상 보유하거나 전시하는 경우는 모두 동물원에 해당된다. 수족관은 해양, 담수 생물을 300㎡ 이상 또는 바닥 면적이 200㎡ 이상인 수조에 전시하는 경우에 해당한다. 이미 등록되어 있는 동물원들도 2028년 12월까지 허가 기준에 맞추어 허가를 받아야 한다.

위 제도가 시행된다 하더라도 소규모 동물원들에 대한 감시에 적극적일 필요가 있다. 50마리보다 적게 동물을 두고 관리하는 동물 카페 등은 이 법에서도 제외되기 때문이다. 물론, 동물보호법 시행규칙 동물전시업 등록으로 체험 동물원을 규제할 수 있다. 그러나 야생동물이 아닌 가축(타조, 양 등)이나 반려동물(개, 고양이 등)을 체험용으로 이용하는 것까지 규제하긴 어렵다. 여전히 존재하는 사각지대를 감시할 의무가 시민들에게 있다.

나는 서서히 소규모 동물 전시 공간들이 사라지게 되는 사회의 변화를 기대 중이다. 정부는 2027년 12월까지 유예기간을 두고 동물을 상업적으로 이용하는 시설들이 스스로 허가 기준에 맞추거나 혹은 폐업할 것을 유도하고 있다. 동물원과 수족관에 대한 공공의 관리 필요성을 깨닫고 동물보호 단체에서 수년에 걸쳐 입법 필요성을 주장해 온 덕에 가능한 변화였다.

무엇보다 우후죽순 생겨나는 도시의 동물 카페나 체험 동물원이 유지되는 이유는 원숭이나 카피바라, 앵무새 등의 소동물들을 마구 만지며 털의 감촉을 느끼거나 먹이를 주는 경험을 원하는 시민들이 있기 때문이다. 부모는 아이에게 즐겁고 이색적인 경험을 하게 해주고 싶을 것이다. 하지만 오히려 아이가 이런 경험을 통해 동물을 대상화해도 된다는 생각을 갖게 된다면, 그것이 과연 아이의 정서 발달에 좋은 일일까. 나는 그렇게 생각하지 않는다. 아이들이 즐거워한다고 해도, 체험 동물원의 존재 이유와 윤리성에 대해 고민하는 것은 어른들에게 맡겨진 몫이다. 시민들이 나서서 감시하고 변화를 촉구한다면 민간 동물원 혹은 동물원은 아니지만 동물을 상업적으로 이용하는 시설의 경우 시민들로부터 외면받지 않기 위해서라도 사회의 요구에 맞춘 경영을 할 수밖에 없을 것이다.

5

박제로 남은 우탄이를
아시나요

남편과의 연애 초기를 떠올리면 지금도 웃음이 나는 일화가 있다. 남편은 처음 만났을 때부터 나에게 관심이 많았던 것이 분명하다. 물론 남편은 인정하지 않는다. 첫 만남에서 나눈 대화들은 동료 이상의 호감이 아니었다면서 말이다. 하지만 동물을 유난히 좋아하는 나를 대하는 남편의 태도만 봐도 느껴지는 게 있었다. 남편이 내 호감을 얻기 위해 자꾸 동물 이야기를 꺼낸 것이라는 게 내가 다시 쓰는 우리의 이야기다. 남편은 역사는 승자가 기록한다더니 역사를 왜곡하지 말라며 기사를 그렇게 써왔냐고 항의하는 중이다.

동물을 좋아하는 나는, 상대가 어떤 마음으로 동물 이야기를 하고 있는지 감지하는 마음의 레이더가 있다. 동물 이야기만 나오면 눈을 반짝이는 이유가 정말로 관심이 있어서인지, 동물을 좋아하는 나와 친해지고 싶어서인지, 내 마음의 정도와 비교하고 분석해 보는 게 습관이 되었다. 동물권에 대해 말하면 어딘지 까다로워 보이고 날카로워 보인다는 편견을 가질 만한 사람에게는 쉽게 말을 꺼내지도 않는다. 여러 사람을 만나는 직업이다 보니 상대방이 동물에 대해 어떻게 생각하고 말하는지를 듣고 내 이야기를 어디까지 해야 할지 그 수위를 조절하는 습관이 생긴 것인지도 모르겠다.

연애를 본격적으로 시작하기 전, 썸을 타며 서로의 마음을 재고 따지던 어느 날, 남편과 동물 이야기를 나누게 됐다. 물론 남편은 여느 다른 사람들처럼 나의 관심을 끌기 위해 동물 이야기를 하는 것 같지는 않았다. 나와 완벽히 같지는 않더라도 동물을 진심으로 좋아하는 것 같았다. 개와 고양이도 좋아하지만 특히 어류와 양서류, 파충류를 좋아했다.

더 친해지고 난 뒤 남편이 자주 보는 유튜브 콘텐츠 목록들을 보게 되었는데 그 진심을 더 잘 알 수 있었다. 그의 재생 목록에는 '물질하는 법' '물고기 부화시키는 법' '새우 알 낳는 법' 등 양서류와 어류, 파충류, 조류의 생태를 다룬 콘텐츠들이 가득했다. 동물권을 말하지 않아도 이렇게 동물을 사랑하는 사람이 곁에 있다는 사실이 내심 많이 기뻤던 것 같다. 일단 나와 만나려면 동물을 좋아해야 한다는 나만의 조건에는 합격이었다.

크리스마스에 출근이라니 하늘도 무심하다고 생각하던 성탄절 오후였다. 팀장과 단둘이 소주 두 병을 마시고 기자실에 돌아와 일하다 보니 한숨이 절로 나왔다. 같은 기자실에서 무료하게 퇴근 시간을 기다리며 일을 하고 있는 건 남편도 마찬가지였다. 내 한숨 소리가 너무 컸는지, 남편이 대뜸 왜 한숨을 쉬냐며 말을 걸어왔다. 그러면서 자신이 키우던 닭 이야기를 꺼냈다. 학교 앞에서 병아리를 사서 닭으로 키웠는데 새벽에 차량이 움직이는 소리만 들리면 울어서 아파트 주민들에게 지탄을 받았다는 이야기였다. 주민들에게 미안하면서도 닭의 입을 막을 수는 없는 그 전전긍긍함이라니. 상상만 해도 웃펐다. 그보다 전에 키우던 또 다른 닭은 풀 먹이러 밖에 데리고 나갔다가 잃어버려서 오열하며 동네방네 찾아다녔는데 아무래도 동네 사람들이 잡아먹은 것 같다는 이야기를 너무 재밌게 들었던 것 같다. 나 역시 우리 주리가 새벽에 갑자기 하울링을 할 때면 본능적으로 주리 입을 틀어막았는데 그때의 기억이 되살아났다. 우리에게 차이가 있다면 같은 이야기를 하며 나는 동물의 자유로움을 막는 도시 생활을 답답하다 생각하지만 남편은 그것이 닭의 운명이라고 생각한다는 점이었다.

남편은 나와 참 같고도 다른 사람이었다. 남편은 SBS 〈동물농장〉을 보는 게 삶의 낙이라는 말을 하면서 자신이 얼마나 동물을 좋아하는지 어필했다. 출근하는 일요일이면 퇴근하고 보기 위해 자동 녹화 기능까지 설정해 둔다고 했다. 반면 나에게 〈동물농장〉은 주말 아침을 즐겁지만 또 불편하게 하는 프로그램이었다. 귀엽고 예쁜 동물들과 함께 사는 사람들의 이야기였지만, 가끔은 언론이 동물에 대한 오해와 왜곡된 시선을 만들어내고 있다고 생각하기도 했다. 〈동물농장〉을 보다 보면 한국 동물권의 신장을 볼 수 있다는 말이 있는데 과장이 아니다. 많은 사람들을 울고 웃게 한 예능 프로그램이었지만 나에게는 동물과 인간의 복잡한 관계를 보여주는 임상 사례집과 같았다.

〈동물농장〉이 배출한 여러 동물 스타 중에 내 마음에 오래 남은 동물은 오랑이와 우탄이였다. 2002년 문을 열었던 경기 일산의 주주동물원(테마파크 쥬쥬)은 민영 동물원으로 체험 동물원뿐 아니라 오랑우탄 쇼로 점점 인지도를 쌓아가고 있었다. 〈동물농장〉은 주주동물원의 쇼 동물들을 방송으로 소개했다. 당시에도 시청률이 낮지 않았으니, 동물원과 방송국 모두 쇼 동물들 덕분에 기뻐했을 것이다. 암컷 오랑이는 말썽부리는 캐릭터로 한동안 동물 쇼에 출연하며 화제를 모았다. 쇼에서 입는 군인 옷은 오랑이의 트레이드마크였다. 이후 지금은 사라진 부산의 동물원 더 파크에서 사 온 수컷 오랑우탄 복돌이와의 사이에서 주랑이를 낳았다.

그보다 앞서 수컷 오랑우탄 우탄이가 있었다. 우탄이는 〈동물농장〉뿐 아니라 KBS의 〈주주클럽〉에도 출연했다. 우탄이도 오랑이처럼 사람이 입는 옷을 입고 신발을 신고 자전거를 타고, 사람들과 같이 사진을 찍었다. 그러다 어느 날 우탄이는 쇼를 거부하고 스스로 철창에 갇혔다. 폭력성이 강해져서 동물원에서도 우탄이를 제대로 관리하기 어려웠다. 〈동물농장〉에서도, 동물원 쇼에서도 우탄이는 사라졌다. 우탄이는 그때 철창 안에서 무슨 생각을 했을까.

취재를 마치고 2년 뒤 우탄이를 다시 찾아갔더니 우탄이는 동물원에 없었다. 우탄이를 다시 만난 곳은 서울 마포구에 있는 한 박제사의 연구실이었다. 우탄이는 이미 박제가 된 뒤였다. 철창 안에 갇혀 있었지만 생전 우탄이의 검고 아늑한 눈은 고향 보르네오에 있어도 어색하지 않아 보였다. 그러나 박제가 되어 허공을 바라보던 우탄이의 눈에서는 아무것도 느껴지지 않았다. 얼굴은 생전보다 더 넓적해졌다. 입술 모양을 따라 핀이 박혀 있었고 양손 밖으로는 1센티미터 굵기의 철근이 삐져나와 있었다. 2밀리미터 두께의 가죽 아래로는 부드러운 육체가 아닌 우레탄이 차 있었고 몸을 만져봐도 예전 같은 온기는 느껴지지 않았다. 동물원은 내가 처음 취재를 다녀간 지 한 달 만인 2012년 6월에 우탄이(당시 20살 추정)가 폐사했다고 설명했다.

우탄이는 죽으면서도 답을 알려주지 않고 떠났다. 죽기 전 동물원 쪽이 우탄이의 손 인대를 일부러 끊었다는 의혹이 동물보호 단체 '카라'를 통해 제기됐다. 오랑우탄의 손가락은 나뭇가지를 단단하게 쥘 수 있어 몸을 지지하는 데 매우 중요하다. 손가락의 힘줄이나 인대를 자르면 오랑우탄은 나무를 타거나 나무의 과일을 따 먹지 못하게 된다. 인간으로 치면 손과 다리를 모두 자르는 것과 같다.

수술은 검역실 복도에서 이뤄졌고 동물원 쪽에서 사육사들의 접근을 통제했다고 알려져 있었다. 그러나 기자에게 이 사실을 재확인해 주는 당사자들은 아무도 없었다. 당시 수술을 진행한 수의사에게도 직접 물어봤지만 진실을 들려주지는 않았다. 단지 우탄이 손의 힘줄이 끊어져 있었다는 기록만이 의문을 품은 채 남아 있다.

2013년 10월 카라는 동물원 쪽이 우탄이 손의 인대를 수술을 통해 일부러 끊었다는 의혹을 포함해, 동물보호법 위반(동물 학대)과 야생생물 보호 및 관리에 관한 법률 위반 혐의로 동물원 쪽을 의정부지방검찰청에 고발했다. 고발 대리인으로 생명권 네트워크 변호사단도 함께 나섰다. 카라는 동물원 압수수색으로 냉동고에 보관 중인 우탄이의 사체를 직접 검시할 것을 촉구했지만 이뤄지지 않았고, 검찰은 주주 동물원을 기소유예 처분했다.

지금 우탄이를 기억하는 이들은 드물다. 동물권을 말할 때 고향으로 돌아간 남방큰돌고래 제돌이는 떠올리지만 우탄이의 끝에 대해선 말하지 않는다. 나는 우탄이의 삶을 보면서 사람을 위해 살다 간 동물에 대한 존경심과 고마움, 미안함을 깊이 느꼈다. 사람에게 웃음을 주다 쓸쓸하게 우리에 갇혀 죽어간 우탄이의 마음은 무슨 색이었을까. 죽어갈 때 우탄이는 어떤 생각을 했을까. 부디 하늘에서 우탄이가 편안하길 바란다.

6

나의 최애
벨루가를 위하여

나의 '최애' 동물을 묻는다면 단연코 하얀 유선형의 몸을 가진 고래류 '벨루가'를 꼽을 것이다. 고래류 중에서도 입이 뭉툭하고 머리가 둥근 신비로운 벨루가를 보다 보면 시간이 멈추는 기분이 든다. 외모만 보고 누군가에게 사랑에 빠지는 기분이 이런 걸까. 한때 내 삶의 낙이 수영을 하는 것일 때도 있었는데, 그때는 기자를 그만두고 수족관에서 다이버를 하면서 살아볼까 진지하게 고민하기도 했다. 이런 생각 뒤에는 벨루가를 가까이 보고 싶다는 마음도 있었다.

2014년 서울 잠실에 123층짜리 롯데타워가 완공되고 롯데월드 아쿠아리움이 문을 열면서 벨루가 세 마리가 수입되었다. 벨루가들은 강원도 강릉에서 수개월 동안 개장을 기다리다가 잠실로 이주해 왔다. 벨루가가 국내에 들어왔다는 소식에 나는 강릉까지 달려가서 제대로 사육하고 있는지를 살펴보기도 했다. 그 뒤로 꾸준히 그들의 소식에 눈과 귀를 열어두고 있었다.

그러나 1년 7개월 만에 벨루가 중 가장 어린 '벨로'(당시 5살)가 죽었다는 소식을 들었다. 너른 바다에 살았어야 하는 벨로가 죽은 이유는 패혈증이었다. 수조의 크기가 문제였을 수도 있고 기본적인 관리가 안 됐을 수도 있었다. 정확히 어느 단계에서 건강이 나빠졌는지 알 방법은 없었다(전 세계의 동물원과 수족관은 최소한의 수조 크기를 정해두고 있다. 물론 이것 역시 자율적 권고 사항이라 지키지 않아도 되지만 대기업이 운영하는 수족관들은 여론을 고려해 최소한의 수조 크기는 지키는 추세였다). 수족관 돌고래들의 대표적인 사인은 주로 패혈증과 바이러스 감염, 심장마비, 뇌부종 등이다. 특히 폐질환이나 패혈증, 감염 등은 사육 환경이 좋지 않을 때 걸리는 질병인데, 많은 돌고래들의 폐사 원인이 패혈증 등의 감염으로 인한 질병이다.

벨로의 죽음에 당황해하고 슬퍼하고 애도한 지 3년밖에 되지 않는데, 2019년 열두 살 수컷 '벨리'도 패혈증으로 폐사했다. 수족관에서 생활하는 돌고래들에게 늘 드리워져 있는 죽음의 그림자가 우려스러웠다.

이미 동물보호 단체는 남방큰돌고래 제돌이의 방류 경험을 축적해 두었기 때문에 벨루가를 방류하라는 목소리가 거셌다. 결국 2019년 10월 홀로 남은 암컷 '벨라'(12살)의 방류가 결정되었다. 2020년 7월 벨라의 방류 방법과 계획 등을 논의하기 위한 방류기술위원회가 구성되었고, 방류지 선정을 위한 회의가 이어졌다. 해양수산부, 고래 전문가, 동물보호 단체 모두가 머리를 맞댔다. 방류지로 아이슬란드 생추어리가 꼽혔지만 현지 사정으로 계획이 바뀌면서 일정이 조금 미뤄졌다. 방류를 촉구하는 목소리는 점점 더 높아지고 있다.

고래류와 같은 대형 해양동물을 수족관에서 볼 날은 얼마나 남았을까. 물론 여전히 전 세계에서 범고래, 돌고래, 벨루가들을 가두어 쇼나 전시용으로 활용하고 있다. 국내에는 벨라뿐 아니라 아쿠아플라넷 여수에 한 마리, 거제씨월드에 세 마리의 벨루가가 더 있다. 대부분의 수족관은 꾸준히 대표 자산인 고래류를 방류하는 것에 반대하고 있다. 영화 〈아바타: 물의 길〉에도 나오듯 고래는 인간에게 경외감을 불러일으키는 대표적인 동물이기에, 고래류를 가까이에서 볼 수 있는 관광 상품이 계속 흥행을 이어갈 것이라는 믿음이 있는 것 같다. 그러나 어쩌다 한 번 쇼나 전시를 보는 인간의 즐거움을 위해 고래들이 자연의 습성을 잃고 던져주는 먹이를 먹으며 평생을 산다는 사실을 알아버린 사람들로부터는 외면받을 것이다. 그리고 야생 동물의 거래가 줄어들고 수족관 동물이 폐사한다면 자연스럽게 동물 쇼는 줄어들 수밖에 없다. 이미 대형 고래류와 인간의 공존에 대한 고민이 시작된 시점에서, 대형 수족관들이 이를 그저 무시하기는 어려울 것이다.

이미 해외에서는 돌고래류의 쇼와 전시를 금지하는 법이 통과되고 있다. 2017년 멕시코의 수도 멕시코시티 의회가 돌고래를 포함한 해양 포유류의 쇼를 금지했고, 돌고래를 가두거나 공연시키면 30만 페소(약 1900만 원)의 벌금을 물리기로 했다. 같은 해 5월 프랑스는 돌고래와 범고래의 수족관 내 번식과 추가 도입을 금지하는 법을 만들었다. 그보다 과거에도 관련 법을 통과시킨 국가가 많았다. 2014년 미국 캘리포니아주에서는 범고래의 포획과 사육, 상업적 공연을 금지하는 법이 의회를 통과했고 2013년 인도에서는 돌고래 수족관의 추가 설치가 금지되었다. 2012년 그리스 의회는 돌고래를 포함한 동물 쇼를 금지했고 2005년 칠레와 코스타리카는 고래류의 수조 사육을 금지했다. 이미 영국에서는 1993년에 마지막 수족관이 문을 닫았다.

동물 쇼에 대한 생각을 바꾸고 싶다면 나는 오히려 종일 동물 쇼만 보는 것을 추천한다. 여러 번 보다 보면 동물들의 표정과 움직임이 달리 보일 것이다. 나도 하루 종일 미국 씨월드의 범고래와 돌고래 쇼를 네 번이나 봤다. 그때 내가 느낀 감정은 지루함이었다. 고래에게도 쇼 현장은 노동의 현장이었다. 그들은 분명히 즐겁지 않게, 자연스럽지 않게 자유를 통제당한 채 노동을 하고 있는 것처럼 보였다. 사람들이 환호할 수 있도록 제때 뛰어오르고 지느러미로 물을 열심히 튕기지 않으면 그날의 밥은 없었다. 하기 싫은데, 내 수준에 안 맞는데 인간을 위해 놀아주고 있는 모습. 그렇게 쇼 노동에 길든 동물들은 본능과 본성을 잃어버린다. 새끼를 죽이거나 사육사를 공격하는 이상 행동을 보이기도 한다. 1991년부터 조련사 세 명을 죽인 범고래 '틸리쿰' 사건이 대표적이다. 그런데도 일부 수족관들은 고래와의 댄싱 타임, 고래와의 수영 시간 등이 고가의 관광 상품이기 때문에 고래를 포기하지 못하고 있다.

2016년 여름 미국 캘리포니아주의 '몬터레이 베이 수족관'에 갔을 때 잠시나마 미래의 수족관을 상상할 수 있었다. 수족관에는 기대했던 대형 어류나 포유류는 없었다(펭귄은 있었다). 그럼에도 세계 최고의 수족관을 구경했다는 생각이 들었다. 도시의 역사와 현재의 수족관이 유기적으로 연결되어 있다는 느낌을 받았기 때문이다. 참치 어업이 발달했던 지역의 특성을 살려 이를 상징하는 장식들로 꾸며진 건물의 외양이 인상적이었다. 또 수족관 내부에서는 디지털 장비를 활용해 아이들에게 바다 생물들의 생태 습성을 소개하고 있었다. 살아 있는 고래 대신 고래 뼈를 전시해 고래의 모습을 상상할 수 있도록 도와주기도 했다. 동물 전시 없이도 해양생물에 대한 종합적 이해를 가능하게 하는 교육 현장의 모습이 좋아 보였다.

동물원과 마찬가지로 수족관 역시 해양생물의 생태를 사람들에게 소개하는 역할을 한다는 것이 존재 이유가 될 것이다. 그렇다면 굳이 살아 있는 생물을 전시할 필요가 있을까. 영상 콘텐츠나 디지털 3D 기술을 활용해 실제 동물들을 느낄 수 있도록 구현하는 것도 충분히 가능할 듯싶다. 만약 꼭 수족관이 있어야 한다면 도시인들의 접근성을 최우선으로 고려하기보다는 야생동물의 서식지와 가까운 곳에 해양 생태 환경을 고스란히 유지하는 선에서 조성하는 편이 그나마 나아 보인다.

한국에 있는 동물들은 그래도 이
들이 있어 외롭지 않았다. 한국 동물보호 활동의 출발점은 19
99~2000년 무렵 동물보호 활동에 뜻이 있는 이들이 모여 만
든 '동물학대방지연합'이라 여겨진다. 여기서 출발해 지금의
'동물자유연대' '동물권행동 카라' '동물사랑실천협회' 등 각각
의 단체가 따로 꾸려졌다. 이후 '동물을위한행동' '동물복지문
제연구소 어웨어' 등 더 많은 동물보호 단체가 출범하면서 동
물권리 옹호를 위한 활동이 다각화되었다.

지난 20년 동안 한국 사회는 다양한 면에서 진보했고 문제
점들이 개선되었다. 그중 동물에 대한 인식 향상과 동물권에
대한 수용 등이 매우 빠르게 가능했던 데에는 이들 동물보호
단체의 활약이 있었다는 사실에 누구도 이견이 없을 것이다.
동물자유연대는 2021년 활동보고서를 통해 현재 2만 명의 회

원이 함께하고 있다고 밝혔다. 이효리 씨처럼 동물을 사랑하는 연예인들의 참여를 이끌어내고 시민들과 공감대를 넓혀온 동물보호 단체들의 활동력은 분명 대단했다.

나는 가수 이적의 노래 〈거짓말 거짓말 거짓말〉을 들으면서 노랫말이 버려진 아이의 마음을 표현하고 있다고 생각했다. 이효리 씨도 한 방송에서 이 노래를 듣고 유기견을 떠올렸다는 말을 한 적이 있는데, 이효리 씨 말대로 노래 가사가 정말 보호자를 기다리는 유기견의 말 같기도 하다. 다시 돌아온다고 한 누군가의 말을 믿고 하염없이 기다리는 이의 시선으로 읊조리듯 노래가 시작된다. 사랑하는 대상으로부터 버림받는 것만큼 마음 아픈 일이 있을까. 사람과 사람 사이에도 버려짐이 있다고 생각하는 나는 여전히 이 노래를 들으면 외로웠던 시절이 떠올라 마음이 아프다.

동물단체 회원 중에는 유기 동물의 이 같은 처지에 함께 아파하는 이들이 많다. 특히 동물사랑실천협회의 활동력은 남달라서 이들의 마음을 모두 사로잡았다. 나도 한때 이곳의 회원이었다. 대표였던 박소연 씨의 카리스마가 특별했고, 그를 포함한 활동가들의 동물을 향한 사랑이 넘쳐흘러 세상을 뜨겁게 만들 것 같았다.

박 전 대표가 동물보호 활동을 시작한 때는 지금으로부터 20여 년 전이었다. 한국 동물보호 활동이 태동하던 무렵, 뜻 있는 사람들이 모여 만든 동물학대방지연합에 그도 참여했다. 당시 박 전 대표는 뮤지컬 배우로 활동하면서 압구정동에서 옷가게를 운영한다고 알려져 있었다. 그는 그때부터 동물 구조에 헌신적인 봉사자였다고 다른 활동가들이 전해줬다. 박 전 대표는 2002년 무렵 '활동 노선이 서로 다르다'는 이유로 동물학대방지연합에서 떨어져 나온 뒤 동물사랑실천협회의 대표가 된다. 그리고 동물사랑실천협회는 2015년 '케어'로 이름을 바꿨다.

내가 케어를 응원한 이유는 동물을 위하는 활동가들의 절실한 마음이 잘 느껴졌기 때문이었다. 홍보마케팅을 잘한 점도 있겠지만, 박 전 대표를 비롯한 케어 활동가들은 동물의 생명을 위해서라면 자신의 일상을 버릴 수 있을 정도로 에너지가 넘쳐 보였다. 우리가 동물을 사랑한다고 말하는 이들에게 익숙하게 기대하곤 하는 헌신, 분노, 따뜻한 이해와 사랑의 마음이 느껴졌다. 박 전 대표는 동물 사육장을 무단으로 침입해 동물들을 구조해 오고 현행범으로 기소되기도 했다. 그는 그 무엇보다 동물의 생명을 보장하는 것이 지상 최대 과제라고 생각하는, 뜨겁고 논쟁적인 활동가였다.

야생동물, 농장동물, 동물원 동물 모두 동물복지의 사각지대에 있기는 마찬가지였지만, 한 해 10만 마리에 달하는 전국의 유기 동물 문제는 나와 내 이웃들의 오늘을 괴롭게 만드는 사회 문제로 점점 더 심화되는 중이었다. 이 때문에 각 지방자치단체는 보호시설 건립과 동물보호 활동의 필요성을 인지했고 시민들도 동물보호 활동이 행정의 책임임을 깨닫고 있었다.

그러던 중 2018년 연말 박 전 대표가 유기견 200여 마리를 구조 후 안락사해 왔다는 사실이 내부 제보를 통해 확인되었다. 기사를 쓰겠다고 하자, 내가 일하고 있는 언론사에서는 이 뉴스를 매우 가볍게 처리하려 했다. 그러나 기사가 공개된 후 한국 사회가 발칵 뒤집히자 그제야 회사에서 관심을 가졌고 나에게는 자유로운 후속 보도 시간이 주어졌다.

가장 놀라고 가슴 아파한 이들은 박 전 대표와 함께 일하던 동료들이었다. 동료들은 괴로워하면서도 스스로의 활동을 돌아보고 반성하며 문제점을 들여다봤다. 동물을 구조한다는 마음만은 진심이었지만 지지자들의 환호와 자신이 꾸었던 공명심에 도취되어 대안 없는 구조 활동을 지속했다는 해석이 타당해 보였다. 생명을 구조한다는 하나의 목표를 향해 달렸던 박 전 대표의 열정을 가까이에서 본 이들은 그의 결단력이나 추진력, 진정성을 의심하지 않았다. 그러나 생명은 지속 가능해야만 했다. 이후 동물을 먹이고 입히고 재우고 입양을 보낼 체계적인 시스템이 갖춰져 있지 않다면 이런 활동들은 지속 가능할수 없었다.

아무리 좋은 의도를 갖고 있었더라도 책임 없는 구조는 비극이 될 뿐이다. 동물을 좋아한다는 이유로 책임질 수 없을 만큼의 동물을 집 안에 들여 함께 사는 '애니멀호더' 역시 마찬가지다. 동물과 나의 거리, 그 거리에는 책임이 뒤따른다.

케어를 지지했던 많은 사람들이 케어의 유기 동물 보호 활동에 마음이 움직여 기부금을 냈다는 점에서 이 사건은 더욱상처가 되었다. 뉴스를 접한 동료 동물보호 단체 활동가들은, 시민들이 케어의 활동에 환호할수록 더 많은 유기 동물을 구조할 수밖에 없었을 것이라고 해석하기도 했다. 그러나 활동의진정성이 모든 것을 정당화해 주진 않는다.

그 이후로 시간이 또 흘렀다. 2023년 2월 박 전 대표는 안락사를 지시한 혐의 등이 인정되어 1심에서 징역 2년을 선고받았다. 박 전 대표와 관련한 사건을 언급하지 않더라도, 사회적으로 유기 동물 안락사 논란은 여전히 계속되고 있다. 모든 생명이 자라고 기본적 삶을 이어가는 데에는 에너지와 비용이 든다. 이를 고려해 현행법상 유기, 유실 동물을 찾아가라는 공고 기간은 열흘이다. 이후에도 보호자를 만나지 못하는 유기 동물의 소유권은 지방자치단체가 갖게 되고 약 한 달 정도면 많은 유기견과 유기묘 등이 안락사를 당한다. 계속 증가하는 유기 동물의 수를 획기적으로 줄이지 않는 이상, 열흘이라는 시간도 점점 짧아지게 될 것이다. 안락사 문제의 뿌리는 생명에 대한 책임감이 적은 일부 반려인과 생명을 돈으로만 여기고 상품 찍 어내듯 판매하고 있는 상업적 반려동물 산업에 있다. 이 뿌리 에서부터 논의를 시작해야 할 것이다.

많은 동물보호 단체들이 지금도 동물을 위하는 단단한 마 음 위에서 사람들과의 거리를 좁히기 위해 노력하고 있다. 동 물권에 대한 사회적 인식 수준이 많이 향상되었지만 여전히 동 물권을 외치는 일은 외로운 일이다. 동물들은 이 사회의 가장 낮은 곳에 있다. 인간의 삶이 각박해질수록 더욱 눈에 들어오 지 않는 타자이다. 그래도 동물보호 단체를 응원하고 지지하는 시민들이 점점 늘고 있는 것이 희망이다. 낮은 곳의 생명을 위 해 애쓰는 이들이 있음에 감사한 내 마음도 변하지 않았다.

다만, 한국 동물보호 운동의 역사를 열었다는 평가를 받는 조희경 동물자유연대 대표의 말을 빌려 함께 생각해 볼 지점이 있다. 지난 20여 년 동안 동물과 인간의 거리가 좁혀지는 데 동물보호 단체의 활약이 컸지만, 동물을 위한다며 과학적으로 검증되지 않은 설익은 주장들을 하는 단체도 늘어났다. 과연 이것이 동물과 인간에게 유익한 변화일까. 동물과 관련한 정책적 변화를 촉구할 때는 동물을 사랑하는 마음만으로는 부족하다. 관련 근거와 데이터, 경험이 바탕이 되었을 때 더 많은 지지를 받을 수 있다. 나 역시 지속 가능하지 않은 재정 상태에 놓인 동물보호 단체들이 양적으로만 증가하는 것을 긍정적으로 바라보지 않는다. 합리적이지 않은 주장과 활동은 동물과 인간의 거리에 대한 사회적 논의를 왜곡할 수 있기 때문이다.

4부

우리가 마주칠 녹색의 딜레마

1

기후변화, 뻥 아니야?

"지구온난화라더니 어떻게 된 거야. 빨리 돌아와 우린 네가 필요하다고!" 2019년 1월 미국 중서부에 영하 60도에 이르는 한파가 닥치자 당시 미국 대통령이었던 도널드 트럼프가 날린 트윗이다. 2023년 1월 말 한반도에도 영하 20도의 강력한 한파가 닥치며 연일 행정안전부의 알림 문자가 울렸다.

온난화는 쉽게 말하면 지구가 가열되어 더워지는 현상으로 기후변화의 가장 대표적인 징후이다. 겨울철 평균 기온이 오르고 봄이 일찍 시작된다. 여름이 길어지지만 겨울이 늦게 시작하기 때문에 가을도 길어지는 느낌을 받을 수 있다. 특히 남부 지방은 1년 중 가장 추운 달인 1월의 평균 기온이 수년 이내 영상 10도 이상으로 오를 것이란 경고가 있다. 이 경우 주로 열대지방에 서식하는 모기가 성충 상태로 한반도에서 월동을 하게 돼, 열대 풍토병이 토착화될 것이란 우려가 있다. 동남아시아에서 감염되어 온 사람을 문 모기가 겨울을 나 이듬해에도 계속 바이러스를 퍼뜨릴 수 있기 때문이다. 그렇다면 겨울철 강한 한파는 어떨까. 트럼프의 말처럼 이것이 기후변화, 지구온난화를 역행하고 있다는 자연의 신호일까. 문제는 그리 단순하지 않다. 온난화는 기온 상승뿐만 아니라 극심한 한파와 폭설을 야기한다. 트럼프는 이 사실을 잘 알지 못했던 것으로 보인다.

2020년 말 미국에서는 기후변화를 부정하던 트럼프 대신 기후변화 대응을 강조하는 조 바이든이 대통령에 당선되었다. 그러나 기후변화를 불신하는 여론이 더 심각해졌다는 점이 눈에 띈다. 2022년 10월 일론 머스크가 트위터를 인수하면서 기후위기를 부정하는 글이 급증했다는 뉴스도 전해졌다. 이전에 트위터는 2022년 4월 22일 지구의 날을 맞아 기후위기를 부정하는 광고를 규제할 것이라고 발표하며 사람들의 기후 행동을 촉구하기도 했는데, 일론 머스크에게 인수되자마자 가짜뉴스와 혐오 표현을 규제하는 콘텐츠 관리팀을 해고했다. 이로 인해 기후변화를 부정하는 트윗들이 기다렸다는 듯 대폭 늘어났다.

기후위기가 가짜 뉴스라는 주장은 역사적으로 계속되어 왔다. 국제 과학 학술지 〈네이처^Nature〉가 발표한 연구에도 그 사실이 나타나 있다. 매년 11월마다 열리는 '유엔기후변화협약 당사국총회'^COP 기간 동안 올라오는 기후변화를 부정하는 게시글을 분석한 결과, 2015년과 비교해 2022년에는 기후변화를 부정하는 글이 네 배 이상 게재됐다.

SNS상 여론과는 별개로, 한국의 언론사들은 2022년 이후 '기상 전문 기자' 채용을 적극적으로 늘리고 있다. 이전에는 주로 젊은 여성 기상캐스터가 전하던 날씨 소식을 기자가 집중적으로 분석하고 대안을 살펴보려는 변화이다. 대부분의 기후 관련 뉴스가 여전히 재난 보도를 중심으로 구성되고 있기는 하지만, 점차 날씨, 기상 현상을 분석하고 예측하는 보도들이 늘어날 것으로 보인다. 기후위기의 시대에서 과거와 현재, 미래의 날씨 정보가 곧 돈이자 권력이 됐기 때문이다. 2020년 이후 한국 사회의 뜨거운 감자로 떠오른 탄소중립과 플라스틱 폐기물 문제만 살펴봐도 환경 문제에 대한 시민들의 인식이 급격히 높아졌다는 것을 체감할 수 있다. 친환경 정책을 지지하는 시민들이 늘어나고, 이에 따른 사회의 관심도 높아졌기 때문에 정확하고 빠르게 기후 정보를 제공하는 것이 언론의 경쟁력이 된 것이다. 그까짓 날씨 기사 전하는 게 뭐가 어렵느냐고 생각한다면 오산이다. 기상청 사람들은 같은 기상도를 보고도 전과 비교해 내일을 해석하고 전망하는 일이 점점 어려워지고 있다고 말한다. 기출문제와 전혀 다른 시험지를 받아 든 수험자의 마음이라며 말이다.

기후변화 현상에 대해 조금 더 알고 싶다면, 전 세계 과학자들이 참여한 연구 자료를 직접 읽어보는 편이 도움이 된다. 기상청 홈페이지에 게재되어 있는 '기후변화에 관한 정부 간 협의체'IPCC 보고서들을 추천한다. 국문본으로도 요약이 되어 있다.

IPCC의 보고서는 기후변화를 취재하고 보도하는 기자들에게는 일종의 바이블과 같다. 나는 현재의 기후변화 문제와 인류의 기후운동의 태동을 말하고자 할 때, 그 시작을 1980년대 후반으로 삼는다. 이는 IPCC의 탄생과도 관련이 있다. 매년 올해의 인물을 선정해 표지를 장식하는 타임지는 1988년 표지 모델에 '지구'(Planet of the Year, Endangered Earth)를 세웠고, IPCC는 이와 같은 해 국제연합UN의 전문 기관인 세계기상기구와 국제연합환경계획에 의해 조직되었다. 1990년 1차 보고서를 낸 뒤 전 세계 수천 명의 과학자들이 함께 머리를 맞대고

4~6년마다 기후변화에 관해 합의된 의견을 모은 보고서를 펴내고 있다. 현재까지 여섯 차례 보고서가 나왔다.

여섯 번에 걸쳐 발표된 이 방대한 보고서들을 다 볼 필요는 없지만, 30여 년 동안 과학자들이 합의해 기록한 의견은 알아두는 편이 기후변화 취재 기자로 살아가기에 편했다. 아마 동시대를 살아갈 시민이라면 역시 이 정보를 아는 것이 도움이 될 것이다.

6차에 걸친 보고서를 내면서 과학자들은 지구온난화가 인간의 활동에 의해 발생했다는 기존의 심증을 확신할 수 있는 과학적 근거들을 발견했다. 인간이 지금껏 누려온 문화적 풍요와 성찰 없는 에너지 사용 때문에 지구온난화 현상이 벌어지고 있다는 가설이 사실로 밝혀진 것이다. 그 결과 2022년 미국의 과학자들은 기후 대응을 촉구하는 시위에 직접 나서기도 했다. 일례로 미 항공우주국 나사NASA의 과학자는 공항 출입문에 쇠사슬로 자신의 손을 묶으며 전용기를 금지하는 등 항공 산업을 축소해야 한다고 주장했다.

이처럼 과학자들의 확신에 찬 움직임 이후 '온난화'나 '기후변화'라는 기존의 용어를 '기후위기'로 바꾸자는 흐름도 강해지고 있다. 기후변화climate change는 어딘지 모르게 자연스러운 변화를 뜻하는 것 같으므로, 지금의 비정상적, 수동적 변화를 확실하게 나타내 줄 수 있는 용어의 필요성을 느낀 것이다. 기후위기climate crisis는 기후가 어떤 외부의 힘에 의해 변화하고 있고 그 심각성을 알려야 한다는 판단이 더해진 용어인 셈이다. 이처럼 기후위기가 인재人災임을 확신할 수 있었던 배경에는 200여 년의 짧은 시간 동안 과거와 비교가 안 될 정도로 빠르게 치솟은 온실가스 배출량이 있었다.

가장 대표적인 온실가스인 이산화탄소의 전 지구적 농도는 현재 420피피엠ppm을 돌파하고 있다. 산업화가 시작된 1750년(278ppm)과 비교해 1.5배나 올랐다. 이산화탄소 농도 수치를 끌어올리는 온실가스 배출은 산업화, 도시화로 급증하며 전에 없는 상승 곡선을 보이고 있다. 인류의 조상이 출현했던 410만 년 전의 이산화탄소 농도가 380~450피피엠으로 지금과 유사했다. 특이한 것은 당시 지구는 현재와 비교해 평균 기온이 3도 이상 높았고 해수면도 25미터나 높았다는 점이다. 평균 기온과 해수면의 높이가 이산화탄소 농도와 유기적인 연관성을 띤다는 해석이 나온다. 결국 지금의 온실가스 배출량 수준이 유지된다면 평균 기온과 해수면이 지금보다 더 높아질 것이라는 암울한 결론에 다다른다.

가끔 나도 날씨가 좋은 봄과 가을에는 내일의 기후위기 문제를 잊는다. 맑은 하늘과 선선한 바람을 느끼며 인생을 곱씹다 보면 불행을 떠올리기가 참 싫다. 기후나 환경 문제에 민감한 나도 그러하니 사람들도 기후변화의 위험성을 또 한 번 까먹겠구나, 하는 생각에 닿는다. 그러다 보면 누가 내 생각을 읽기라도 했다는 듯 이상기후가 또다시 나타난다. 특히 추운 겨울에는 트럼프처럼 한파는 온난화의 반대 근거가 아니냐고 묻는 이들을 수도 없이 만난다. 그럴 때면 북극의 온난화로 북극의 찬 공기가 중위도까지 내려와 한파가 찾아올 수 있음을 설명해 주곤 했다.

기후위기 담론이 확대되면서 겨울철이면 뉴스에서 '제트기류'라는 단어가 자주 들려온다. 제트기류는 북극과 중위도 지역 사이에서 동서 방향으로 흐르는 바람으로, 북극의 찬 공기가 아래 지역으로 내려가지 않도록 가둬주는 역할을 한다. 이 제트기류가 강력하다면 북극의 찬 공기를 가두는 역할을 자연스럽게 할 수 있을 것이다. 그런데 북극의 기온이 올라가게 되면 이 제트기류의 힘이 약해지고, 찬 공기가 새어 나와 중위도 지역의 한파로 이어진다.

북극 온난화가 제트기류의 힘을 약화시키는 이유는 '북극

진동'과 관련이 있다. 북극의 찬 공기는 수일에서 수십 일을 주기로 대규모 저기압성 순환을 하며 강약을 되풀이한다. 이는 대기 순환의 내부 변동성으로 발생하는데, 특히 갑작스럽게 공기 순환이 약화하거나 붕괴되는 현상인 성층권의 '돌연승온'이 발생하면 북극을 중심으로 도는 공기가 북극에 갇혀 있지 못하고 중위도로 흘러내려 오는 '음의 북극 진동'이 나타난다. 폭설은 그렇게 밀고 내려온 북극의 찬 공기가 남쪽의 따뜻한 공기와 만나면서 대기를 불안정하게 해 발생한다. 북반구를 중심으로 국지적으로 발생하는 한파와 폭설 모두 북극의 온난화와 관련이 있다.

너무나 당연한 이야기이지만 기온, 강수량, 일조량 등 각 기후 요소는 다양한 방식으로 서로 영향을 주고받으며 파급력을 키운다. 서로 어떤 영향을 줄 수 있으며 각 요소의 정확한 역할이 무엇인지 현재의 과학으로는 완벽하게 밝혀지지 않았다. 앞으로의 기후가 어떻게 달라질지에 대해 확신에 찬 결론을 내리는 과학자가 없는 이유이다.

다만 현재의 날씨가 인위적 변화로 인해 비정상적인 상태에 있으며, 역대 최고의 온실가스 배출량을 계속해서 경신하고 있는 것은 명백한 사실이라고 과학자들은 말한다. '탄소 예산'

이란 지구의 평균 기온을 1.5도 상승시키는 이산화탄소 배출량에서 우리가 이미 배출한 탄소량을 빼고 남은 한계 배출 허용량을 뜻하는데, 이를 고려하면 지구의 시간이 6~7년 정도밖에 남지 않았다고 계산하는 이들도 있다. 기후위기를 부정하거나 말거나, 전 세계적으로 기후위기에 관한 사회, 경제, 정치적 논의는 빠른 속도로 진행 중이다. 트럼프와 같이 한파가 온난화의 존재를 부정할 수 있는 근거라고 말하는 것은 몇 년 사이 너무 무식한 이야기가 된 듯하다.

2

제주도 돌고래는
풍력발전을 좋아할까

 　　　　　　　동물 취재를 본격적으로 시작한 지 1년 반 정도 지났을 때다. 치열하게 기사를 쓰던 시기였는데, 회사는 기존 편집국 소속이었던 동물 뉴스 전문 '애니멀피플팀'을 디지털 영상 미디어 부문으로 이동시켰다. 좀 더 많은 독자를 자유롭게 만나기 위한 실험의 취지였지만, 동물 관련 기사를 그저 연성화된 뉴스로만 보지 않는 사회를 꿈꾸며 기사를 쓰던 나는 인사이동을 고민했다. 어느 부서에 가든 취재하고 기사 쓰는 일은 같으니 일단 어디든 가보자고 결심했다. 인사이동을 앞두고 팀장의 마지막 취재 지시가 내려졌다.

"제주 서귀포 노을해안로에 가면 육안으로 돌고래를 많이 볼 수 있다는데, 돌고래 좀 보고 온나."

경상도 사투리가 짙게 묻어 있는 팀장 특유의 말투로 내려진 지시에 내심 기뻤다. 현장에 가면 보고 듣고 배우고 느끼는 것이 엉덩이를 붙이고 책상 앞에 앉아 있을 때보다 훨씬 많기 때문이다. 거기다가 내가 사랑하는 돌고래를 볼 수 있고, 비록 출장이지만 제주도 구경도 할 수 있으니 마다할 이유가 없었다.

운전을 잘했다면 돌고래를 따라 전기차를 타고 제주도 해안가를 뱅뱅 돌았을 것이다. 그러나 운전을 못하는 나는 현실적으로 취재 동선을 짧게 잡는 것이 유리했다. 입사하고 얼마 지나지 않아서 제주 관광지의 동물들을 취재 간 적이 있는데 택시를 타고 제주시와 서귀포시를 여러 차례 이동하다 교통비로 월급의 4분의 1을 날릴 뻔했다. 그제야 제주도 면적이 서울의 세 배에 이르고 대중교통도 잘 발달되어 있지 않다는 것을 알 정도로 나는 이 섬에 대해 아는 게 없었다. 그 뒤로는 나름대로 현실적인 취재 방법을 찾았다(차량을 렌트할 경우 회사에서 취재비를 지원받을 수 있지만, 택시비는 지원받지 못한다).

내가 생각해 낸 방법은 서귀포시 대정읍의 한 무인텔을 2박 3일 빌려서 먹고 자면서 바로 앞 해안가 바위에 앉아 일출과 일몰 사이 자연광을 맞으며 돌고래가 내 앞으로 오길 하염없이 기다리는 것이었다. 핸드폰 알림도 끄고 멍하게 파도만 철썩거리는 바다를 바라보고 있으니 묵었던 분노가 사라지고 마음의 평화가 찾아왔다. 돌고래를 보러 왔다는 사실을 잊어버릴 정도였다. 나는 아직도 제주에 가면 그 무인텔과 해안가 바위를 찾아가 그때의 평화로웠던 시간을 회상하곤 한다.

여느 서귀포 해안가가 그렇듯, 무인텔 주변에도 광어 양식장이 많았다. 대형 마트와 납품 계약을 맺고 운영 중인 광어 양식장들이었다. 양식장을 방문해 어민들을 만나보니, 어민들은 돌고래들이 해안가 가까이 다가오는 이유를 인근 광어 양식장에서 버리는 물에 섞여 있는 광어 사료 또는 양식장을 탈출한 광어를 먹기 위해서라고 생각하고 있었다. 그러니 바위에 앉아 기다리는 취재 방식은 나 나름대로 돌고래의 생각을 읽기 위해 다각도의 취재를 한 결과 찾은 최선의 방법이었던 셈이다. 인근 어민들의 인터뷰를 마친 뒤 돌고래와의 조우를 기대하는 마음은 더욱 커졌다. 검은 바위 위에 앉아 계속 돌고래가 오기만을 기다렸다. 시간이 흐를수록 나는 이 평화로운 바다가 더 좋아졌고, 낚시를 하러 해안을 찾아오는 시민들과 어느새 눈인사를 나누고 있었다.

2012년 그린피스의 에스페란사호를 타고 동해 바다에 나가 돌고래를 취재했을 때 보트 위에서 돌고래들을 매우 가깝게 볼 기회가 있었다. 또 제돌이의 경우 서울동물원 수조에서 한 번, 고향 제주 바다에 방류될 때 한 번 매우 가까이 만나기도 했다. 그렇지만 사전 약속 없이 돌고래를 만난 건 이번이 처음이었다. 하루에도 몇 번씩 온다던 돌고래는 내가 머문 2박 3일 동안 딱 한 번 내 눈앞에 나타났다.

돌고래들이 바다에서 자유롭게 헤엄치는 모습을 본 순간, 내 마음속에 왠지 모르게 머물러 있던 찌뿌둥한 기분이 사라졌다. 돌고래 수십 마리가 낫질하듯 빠르게 헤엄쳐 사라지는 모습에서 나는 눈을 떼지 못했다. 그 찰나 도시에서는 좀처럼 느끼기 어려운 환희가 내 마음에서 피어올랐다.

노을해안로에서 돌고래를 만나고 3년 뒤, 나는 그 장면을 또 마주할 수 있었다. 신혼여행으로 제주를 찾았을 때 나는 남편과 사소한 다툼 중이었다. 때마침 서쪽 차귀도 앞바다에서 돌고래를 본 적이 있다는 남편이 짠 해안도로 코스를 지나고 있었다. 한창 분위기가 험악해지던 그 순간, 갑자기 푸른 바다 위로 돌고래들이 짠 하고 뛰어오르면서 갈등 상황은 단박에 종료됐다. 언제 싸웠냐는 듯 우리는 서로를 부둥켜안으며 우리의 결혼을 돌고래들도 축복하고 있다며 의미를 부여했다. 제주 바다에 지금처럼 자유로운 돌고래들이 있는 한, 그곳은 나에게 정말 고맙고 영원한 쉼터일 듯싶다.

제주의 돌고래들은 오늘도 평화로운 날들을 보내고 있겠지만, 바다를 둘러싼 인간의 생각과 행동은 시시각각 변해왔다. 기후변화로 인한 피해가 점점 삶에 직간접적인 영향을 주자, 온난화를 야기하는 화석연료의 사용을 줄이고 친환경 에너지로의 전환이 시급하다는 목소리가 거대한 변화의 흐름을 이끌고 있다. 그중 대표적으로 주목받는 것이 풍력발전이다.

풍력발전은 한 번에 많은 양의 전력을 생산할 수 있어 화석연료 사용을 줄이기 위해 떠오르는 대안이다. 수많은 국가와 기업들이 높이 150미터 규모의 풍력발전기를 어디에 세울 것인지를 고민하고 있다. 한국은 3면에 바다가 있어 해상풍력발전에 유리하지만, 풍력발전량은 아직 미미하다. 그렇기 때문에 유럽 등지의 기술력을 갖춘 재생에너지 발전 기업들은 한국에 투자하기 위해 노력하고 있다. 한번 풍력발전을 시작할 수 있다면 20~30년씩 사업 유지가 가능하기 때문에 아직 풍력발전 비중이 전체 발전량에 비해 현저히 낮으며, 풍력발전기를 설치한 적 없는 한반도의 바다는 기업으로서 매우 탐나는 사업지일 수밖에 없다.

모든 발전 시설은 그 규모가 거대하기 때문에 막대한 투자 비용이 든다. 또한 지역 주민의 삶과 주변 환경, 생태계에 미치는 영향이 크고 반영구적이기 때문에 입지 선정에 신중할 수밖에 없다. 풍력발전기 역시 바람을 막아선 인공 구조물이 없는 광활한 바다에 처음 설치하면 수십 년 동안 가동되므로 처음의 입지 선정이 가장 중요하다.

우리보다 앞서 풍력발전을 활용하고 있는 외국의 사례와 한국의 상황을 단순 비교하는 것은 적합하지 않다. 안타깝게도 좁은 영토에 많은 인구가 몰려 사는 한국의 상황은 세계적으로 봐도 매우 특수하다. 일단 동물과 자연이 함께 나눠 쓸 땅과 바다 면적 자체가 작다. 어민들도 이미 자연, 동물과 공존하는 방법을 찾고 바다를 가장 효율적으로 나눠 사용하고 있다. 그러니 또 새로운 시설이 들어와 평화와 균형이 깨어지는 것을 반대할 수밖에 없다. 설득과 보상을 통해 수용을 이끌어내는 수밖에 없는데, 모두가 이해할 수 있는 방식으로 사업이 진행되기는 무척 어려울 것이다. 따라서 현재 정부의 과제는 주민들의 반대를 줄이는 일이다. 역사적으로 풍력발전뿐 아니라 모든 발전 시설들이 처음 세워질 당시에 님비NIMBY 논란에 휩싸였는데 풍력발전도 마찬가지다.

나는 미래에 우리 사회가 점점 더 자연 친화적으로 변화해 갈 것이라고 기대한다. 그러면서 동시에 자연과 자연이 충돌하는 상황을 끊임없이 맞닥뜨릴 수밖에 없을 것이라고 내다본다.

예를 들어 기업이나 사업자가 수익성을 높이기 위해서는 바람이 가장 강하고 자주 부는 곳에 발전기를 지을 수밖에 없는데, 그런 곳은 보통 백두대간이나 제주도같이 자연이 잘 보존된 장소일 가능성이 높다. 제주도 해안을 뱅뱅 도는 남방큰돌고래들이 자주 들르는 제주 대정읍 앞바다 역시 풍력발전의 주요 입지로 거론됐는데, 대정읍에 본부를 차린 돌고래 보호 단체들은 강하게 반대해 왔다. 돌고래 보호 단체는 풍력발전기 건설 기간 발생하는 소음이 음파로 소통하는 돌고래들에게 부정적 영향을 미칠 수 있다는 이유 등을 들었다. 또한 제주도 주변을 계속 동그랗게 도는 남방큰돌고래들의 서식 환경이 달라지면 제주 바다의 생태계 질서도 깨어질 것이며, 그 이후를 쉽게 예측하기가 어렵다는 이유도 있었다.

기후변화로 인한 사회 변화 과정에서 앞으로의 갈등 상황은 다양한 양상으로 나타날 것이다. 과거 수십 년 동안 환경 문제 갈등의 전선이 일차원적이었다면, 지금부터 펼쳐질 갈등은 더 복잡하고 해결하기 어려울 것이다. 이 난관을 잘 헤쳐나가기 위해서는 사회적으로 환경과 경제를 균형 있게 고민하는 연습이 필요하다. 제주 바다에 풍력발전기를 설치할 때의 경제적 이점, 돌고래 등 해양 생태계가 받는 부정적 영향 등을 과학적 방식으로 조사하는 것이 우선이다. 과학적이고 객관적인 지표를 토대로 사회적 합의를 해나갈 때 갈등을 줄이고 의견을 좁힐 수 있다.

3

새똥이 태양광을
막을 수 있나

취재를 하며 항상 느끼는 것이지만 기후위기 대응 현장은 모든 곳에 있다. 온실가스를 감축하자는 목표 합의에만 겨우 닿아 있는 한국은 앞으로 그 과제를 잘 풀어나가야 하는 본경기를 앞두고 있다. 현장에서의 깊은 고민이 필요하다고 느낀 대표적인 사례 중 하나는 새똥이 떨어진 태양광 패널 문제가 불거진 사건이다.

앞서 말했듯이 모든 환경 문제는 역사적이기에 시간에 따라 켜켜이 쌓인 사람들의 생각을 이해해야 한다. 2020년 10월 말 문재인 대통령은 국회에서 2050년까지 탄소중립을 이루기 위한 기후위기 대응에 나서겠다고 천명했다. 문재인 정부는 임기 동안 줄곧 원자력발전의 감소와 재생에너지 발전의 확대를 내세운 에너지 정책을 매우 강조했다. 2022년 기준 국내 재생에너지 발전량은 전체 발전량의 약 7퍼센트로 다른 선진국과 비교하면 매우 적은데 장기적으로 이를 끌어올리겠다는 것이었다. 에너지 업계에서는 문재인 정부가 강조한 재생에너지 확대의 당위성에는 공감하면서도, 재생에너지 확대를 위해 해결해야 할 과제가 많다는 사실이 국민들에게 잘 알려지지 않았다고 아쉬워했다.

그중 대표적인 것이 재생에너지의 '간헐성 문제'를 어떻게 해결할 것인가였다. 재생에너지의 '간헐성'이란 태양광발전, 풍력발전 등 자연에서 에너지를 얻는 경우 인간이 제어할 수 없는 날씨 등의 외부 요인으로 발전량이 쉽게 좌우되는 특성을 일컫는다. 해가 뜨지 않는 밤이나 흐린 날에는 태양의 에너지를 온전히 사용할 수 없고, 바람 역시 세게 부는 날도 있지만 전혀 불지 않는 날도 있다. 이런 날에는 당연하게도 발전량이 떨어질 것이다. 바로 이 간헐성 때문에 재생에너지를 확대해야 한다는 당위적인 주장은 공격받기 쉽다. 에너지의 안정적 수급이 어렵다고 여겨지기 때문이다. 보통 태양광의 경우 발전 설비 대비 발전량은 약 15퍼센트로, 석탄이나 천연가스, 원자력 등 가동률에 비례해 거의 그대로 발전량을 산출할 수 있는 다른 전력원과 비교했을 때 효율이 떨어진다는 비판을 받아왔다. 한화솔루션이나 두산에너빌리티 같은 태양광 패널 혹은 풍력

터빈을 만드는 회사에서 하는 일이 바로 간헐성 때문에 떨어지는 재생에너지의 발전 효율을 높이는 일이다. 태양광 패널의 경우 실험실 기준 발전 효율은 29퍼센트까지 오를 수 있다고 하는데 현재 기술력으로는 23퍼센트 수준에 머물러 있다.

태양광발전의 능력과 역할을 두고 연일 논란이 계속되고 있던 2021년 여름이었다. 〈조선일보〉 1면에 실린 사진 한 장이 화제가 됐다. 하얀 새똥으로 범벅이 된 태양광 패널 사진이었다. 이 사진이 보도되자 산업통상자원부와 태양광발전 업계에서는 정말 난리가 났다. 일단 새똥에 뒤덮힌 패널은 태양광을 받아낼 수 없으니 발전을 할 수가 없다. 그렇다면 태양광발전은 결국 무용지물이라는 말인가. 무슨 사연이 있는 것인지 궁금해 당장 취재를 시작했다.

사진을 본 육상, 수상 태양광 관련 전문가와 업계의 반응이 대체로 비슷했다. 이런 사진은 처음 봤다는 것이다. 취재를 계속하다 보니 '새똥 태양광'의 전말을 알 수 있었다. 문제가 된 사진 속 태양광 패널은 현재 실제로 운영 중인 시설이 아니었다. 이는 국내 수상 태양광발전 가능성을 따져보기 위한 '테스트베드'로 태양광 전문업체를 비롯한 15개 기관이 '해상 환경에서 적용 가능한 태양광 모듈 및 시스템 개발' 연구를 진행하며 만든 임시 시설이었다. 문의해 보니 총 600킬로와트 용량의 시범 발전 시설을 여섯 곳에 분산해 설치할 예정이라 사진 속 패널은 아직 가동 전이라는 답변이 돌아왔다. 산업부에서도 현재 설치 공사가 진행 중이라 전력 생산을 하고 있지 않기 때문에 패널 세척과 같은 별도의 유지 관리를 하지 않았다고 발표했다. 그러면서 주기적으로 가동 중인 1메가와트 초과 설비의 경우 주기적으로 세척하고 있어 새똥이 실제 발전량에 미치는 영향은 미미하다고 덧붙였다.

〈조선일보〉는 진실을 호도하는 보도를 한 것일까. 나는 〈조선일보〉의 지적이 일면 타당하다고 생각했다. 다만, 절반의 정답으로 보였다. 새는 똥을 쌀 자유가 있고, 그 똥은 해상이며 수상이며 육상이며 도시며 장소를 가리지 않고 떨어진다. 실제로 바닷새들에게 갑자기 생겨난 소규모 태양광 시설은 섬과 같이 느껴질 것이고, 수백 개의 패널이 연결되어 있는 해상 태양광 시설의 경우 더욱 널찍한 쉼터같이 느껴질 수 있다. 더군다나 가동을 하지 않을 경우 패널 표면 온도가 외부 기온과 동일하기 때문에 발바닥 화상을 입을 일도 없었을 것이다. 무엇보다 패널 가격이 얼마인지 어떤 용도인지 새들은 알지 못하고 알아야 할 이유도 없다. 새만금호를 포함해 전국 각지에서 추진하고 있는 태양광 사업의 효과가 새똥으로 인해 반감될 가능성이 있다면 이는 사회적으로 큰 손실이다. 물론 관리하면 되겠지만 그래도 새똥 대책은 필요할 것이다.

실제 새똥으로 인한 피해가 현장에서 누적되어 왔다면, 이미 여러 차례 보도되었어야 하는 문제였다. 문재인 정부 이후 뜨겁게 달아오른 기후위기 대응 과제 때문에 태양광발전 비중이 빠르게 늘어나긴 했지만, 실제로 태양광발전 시설 자체는 2000년대 초반부터 꾸준히 늘어왔기 때문이다.

한국수자원공사 등 태양광 사업을 운영하는 사업자들은 항상 일사량, 발전량을 확인하고 패널을 닦고 조이고 관리해 주기 때문에 새똥이 묻어도 방치되는 일은 없다고 설명했다. 새똥이 옷에 떨어져 본 이들은 알 테지만, 새똥은 바로 닦지 않으면 쉽게 산화되어 닿은 곳에 탈색이 일어나는 등 어려움을 겪을 수 있다. 만약 패널 위 새똥을 며칠간 치우지 않는다면 패널의 발전 효과가 떨어지기 때문에 사업자는 큰 경제적 손실을 입게 된다. 이 때문에 사업자들은 관리 직원을 두고 패널을 물로 종종 세척한다고 했다. 또한 발전을 시작하면 패널 온도가 외부 기온보다 30도 이상 높아지기 때문에 새들이 패널을 화장실처럼 이용하는 일은 없을 것이라는 설명도 덧붙였다.

이만하면 새똥 문제는 패널을 물로 닦으면서 잘 관리하면 쉽게 해결될 것 같긴 한데, 아직 궁금한 점이 더 남았다. 날개가 있는 새는 날아가면서 똥을 싸기도 한다. 결국 새똥을 인간의 힘으로 완전하게 피하는 것은 불가능하다. 또 규모가 큰 시설의 경우 수백만 개나 되는 패널을 관리 직원이 일일이 물을 뿌려 닦아내기도 어렵다. 세척 자동화 시설이 필요하다는 생각이 들었고, 사업체가 하늘에서 떨어지는 새똥을 막을 방법 또한 연구하고 있는지 알아봐야 했다. 제주 돌고래와 풍력발전의 딜레마와 마찬가지로 자연과 자연, 녹색과 녹색의 갈등 사례들이 머릿속에서 여러 차례 떠올랐다.

에너지 전문가들은 태양광 패널 위에 가는 와이어나 로프를 설치해서 새들이 패널 위에서 쉬어가지 못하도록 하는 방안을 고안했다. 하지만 그물을 설치하면 새가 걸려 죽을 수도 있고 정작 새똥은 막지 못하기 때문에 근본적 대안이 될 수 없다. 뾰족한 스파이크나 와이어 등 새에게 위협적일 수 있는 장애물을 패널에 설치하는 방안을 철새 전문가들은 반대했다. 양식장에서도 새를 쫓기 위해 비슷한 방식의 시설물을 사용 중인데 이때 발이나 몸이 걸려 죽는 새가 많다는 사실이 이미 보고되어 있기 때문이다. 이 역시 반대 이유로 충분해 보였다.

환경 문제는 서로 긴밀히 연결되어 있기에 대안을 찾는 일이 쉽지 않다. 반대를 위한 반대나 부작용을 고려하지 않은 미봉책을 생각해 내는 건 쉽다. 그러나 모든 환경 문제는 양면적이고 입체적이다. 부풀어 오르는 풍선을 막는 상황을 상상해 보면 쉽다. 한쪽이 부풀어 오르는 것을 막기 위해 손으로 풍선을 잡으면 다른 한쪽이 더 부풀어 오른다. 환경 문제도 마찬가지로 한쪽의 문제를 해결하기 위한 행동이 다른 한쪽의 문제를 악화시킬 수 있다. 이처럼 다양한 문제들이 서로 영향을 주고받다 보니 환경 문제의 해결이 이토록 복잡한 것이다. 재생에너지를 사용하자는 것도 화석연료 사용을 줄이기 위한 친환경적 대안이고, 새들의 생명을 위협하지 않는 것도 모든 생명의 공존을 위해 지켜야 할 태도다.

미국과 싱가포르, 한국 등 각국 정부는 재생에너지 확대 정책을 펴면서 발생할 수 있는 다양한 갈등 상황을 예측하고 정책적 대안을 찾아가는 노력을 하고 있다. 미국 에너지부는 올해 초 미국 전역 대규모 태양광 시설에서의 조류 행동을 연구하기 위한 인공지능 플랫폼 개발을 위해 일리노이주 아르곤 국립연구소 연구팀과 130만 달러(약 17억 원) 규모의 계약을 체결했다. 인도의 한 태양광 관리 업체는 태양광 패널 둘레에 철 구조물을 세워 새들이 머물지 못하도록 장벽을 치는 상품을 판매하고 있다. 싱가포르는 올해 축구장 45개 면적에 수상 태양광 패널 12만 2000개를 설치했는데 발전 용량은 60메가와트로 연간 1만 6000가구가 사용하는 전력량에 해당한다. 싱가포르 태양에너지연구소SERIS는 수상 태양광발전 테스트베드를 운영하며 새똥 문제 해결책을 연구하고 있다. 즉각적인 세척, 장애물 설치, 초음파 및 음파 이용 퇴치 등 새와 인간, 자연이 공존할 수 있는 방안은 지금도 다각도로 연구되고 있다.

고민 끝에 나는 대안을 단호하게 제시하기보다, 대안을 찾으려는 노력이 필요하다고 강조하며 기사를 마무리했다. 친환경 정책을 두고 부정적 평가를 내리기에 앞서 대안은 없는지, 비슷한 노력을 하고 있는 다른 나라의 사례를 통해 배울 점은 없는지 생각해 볼 시점이라고 생각했기 때문이다. 단독 기사는 아니었지만, 내가 쓴 여러 기사 중에 꽤 마음에 드는 기사를 완성한 것 같아 뿌듯했다. 결국 기후위기 대응의 가장 큰 전환은 에너지 전환이 될 것이기 때문이고, 환경 기자는 그럴 때마다 시민들의 주체적인 판단을 돕는 좋은 안내자가 되어야 하기 때문이다.

4

탈원전을 둘러싼
위험한 밸런스 게임

동해안을 따라 여행하다 보면 한국의 에너지 발전 현장을 볼 기회가 많다. 주로 발전소는 바닷가 근처에 세워진다. 공업용수가 많이 필요하고 연료 수입과 운송이 편리해야 하기 때문이다. 동해뿐 아니라 충청남도와 전라남도에도 해안가를 따라 발전소들이 자리하고 있다.

여름휴가로 강원도 삼척부터 경상북도 경주까지 동해안 발전소 벨트를 둘러보고 온 적이 있다. 우선 삼척의 마지막 석탄화력발전소와 LNG^{액화천연가스} 생산기지 저장 탱크들을 직접 보고 싶었다. 기후환경 단체가 수년 동안 좌초자산(사업 여건 변화로 수익이 나지 않거나 가치가 떨어지는 자산) 위험을 우려하며 반대해 온 삼척블루파워 석탄 화력발전소는 결국 2022년 12월 점화 테스트를 마치고 가동을 준비 중이다. 지금부터 약 30년은 더 가동될 예정인데 그렇다면 가동 예정일은 2050년을 훌쩍 넘는다. 한국은 국제사회에 2050년 탄소중립을 선언했는데 이와 정확히 충돌하는 결정이다. 한 입으로 두말하는 정부는 대체 무슨 생각인 걸까. BTS의 뮤직비디오 촬영지로 유명해진 맹방해변에 가보니 인근에서는 삼척블루파워용 방파제를 짓기 위해 시민들의 통행을 제한하고 있었다. 삼척 시민들은 석탄을 실어 나르는 트럭에서 날리는 분진 등의 오염물질로 인한 피해를 호소했다.

좀 더 남쪽으로 달리다 보면 경상북도 울진에서 한울원전을, 경주에서는 월성원전을 지나게 된다. 원자력발전소 홍보관에서는 원전의 안전함을 강조하기 위해 괴물이 원전을 습격해도 원전이 안전했다는 내용의 애니메이션을 상영하고 있었다. 다소 허무맹랑한 스토리였지만 그림이 매우 현실적이어서 빠져들어 보았다. 무엇보다 원전과 관련한 교육 콘텐츠 제작에 공을 들였다는 인상을 받았다.

핵발전소와 원자력발전소는 사실 같은 용어이다. 보통 '핵'이라는 단어는 핵폭탄으로 인한 피해를 연상시키기 때문에 핵발전 반대 운동을 하는 이들이 주로 사용한다. 반면 '원자력'이라는 단어는 에너지로서 원자력의 가치를 강조하는 객관적 표현이다. 칼럼이 아닌 일반 언론에서는 객관적 시각을 전제로 원자력발전이라는 표현을 사용하고 있다.

2011년 일본의 후쿠시마 대지진 원전 참사로 잠시 주춤하기 전까지, 한국 원자력 정책은 거침이 없었다. 전쟁이 막 끝난 뒤인 1956년 한미원자력협정을 체결한 뒤 1958년 원자력법을 제정하고 국제원자력기구^{IAEA}에 가입했다. 1959년까지 국내 연구 인력 150명이 미국 아르곤원자력 연구소로 파견되었고, 이때 관련 지식을 쌓아 한국 원자력 산업이 성장할 수 있었다는 기록이 '한국원자력연구원 60년사'에 남아 있다. 미국은 한국 원자력발전을 이끈 아버지인 셈이다. 미국을 통해 원자로 경험을 쌓은 한국은 1978년 4월 29일 최초로 원전을 준공하며 세계 21번째 원전보유국으로 우뚝 섰다. 이후 원전 건설은 거침없이 이어져, 2023년 1월 기준 원전 25기가 건설되었고 이 중 21기를 운영하고 있다. 울진 한울에 7기(2기 정비 중), 경주 월성에 5기(1기 정비 중), 울주 새울 2기, 기장과 울주에 고리 5기(1호기 2017년 퇴역), 영광에 한빛 6기(1기 정비 중)가 있다.

아버지 미국과 아들 한국의 관계는 새로운 시대를 맞아 변화의 조짐을 보이고 있다. 45년가량 원전을 운영했고 한때 전력 발전 비중의 40퍼센트 이상을 원전으로 충당해 온 한국은 꾸준히 실력을 쌓았다. 이제 스스로 살길을 찾아가려는데 아버지가 나서서 자신의 권리를 주장하기 시작했다. 미국 웨스팅하우스사는 2022년 11월 한국수력원자력이 개발한 APR1400과 APR1000 원전을 수출하려면 미국 에너지부와 웨스팅하우스사의 허가를 받아야 한다면서 워싱턴DC 연방지방법원에 소송을 제기했다. 한국이 개발한 원전의 원천기술이 미국 것이기 때문에 수출 통제 대상이라는 것이었다.

이렇게 두 국가가 경쟁 상대가 된 이유는 후쿠시마 원전 참사 이후 10년 동안 세계적으로 주춤하던 원자력발전이 다시 기후위기 시대를 맞아 탈탄소 전원으로 떠오르고 있기 때문이다. 원자력발전은 에너지 자원이 부족한 나라나 중앙집중형 에너지 공급이 필요한 나라, 원전에 대한 사회적 논란이 적은 나라 등을 중심으로 빠르게 확산되었다. 2022년 러시아가 우크라이나를 침공하고 전쟁이 길어지면서, 러시아와 같은 자원 강국들이 화석연료를 무기화하기 시작했다. 수입 연료 의존도가 높은 유럽과 아시아 국가들이 급등하는 연료비를 감당하지 못하게 되면서 경제지표에 빨간불이 들어오는 상황에 이르자, 동유럽과 중동 지역을 중심으로 원자력 확대 정책이 더욱 지지를 받게 되었다. 후쿠시마 원전 사고 직후 전체 원전 54기를 전면 가동 중단한 일본도 2030년까지 원자력발전 비중을 20퍼센트대로 늘리는 계획을 발표하며 다시 원전에 의존하는 모습을 보이고 있다.

국가 주도로 원자력발전 산업 확대와 융성 정책을 펴온 한국의 경우 원자력에 나라를 부강하게 한 산업 역군이자 일꾼이라는 이미지까지 더해져 있다. 한국형 원전을 수출하기 위한 정부의 노력은 '탈원전'을 내걸었던 문재인 정부나 '원전 최강국 건설'을 앞세운 윤석열 정부나 똑같았다.

2011년 후쿠시마 원전 참사 이후 원전에 대한 여론도 롤러코스터를 타듯 변화해 갔다. 2017년 대통령 선거에 출마했던 주요 후보 중 가장 보수적이었던 자유한국당 홍준표 후보를 제외한 모든 후보가 탈원전을 공약할 정도로 그때까지는 탈원전에 대한 시민들의 지지가 높았다. 원전이 가져온 절대 위협적 상황을 모두가 보았기 때문이었다. 안전을 약속해 온 원전의 노심이 용융되는 참사가 일어난 후쿠시마는 완벽한 회복을 하기에는 버거운 모습이었다. 방사선에 노출된 생태계와 주민들의 피해 상황을 기록한 르포르타주들이 이를 증명했다. 이런 시대적 흐름 속에서 당시 독일 메르켈 총리는 원자력발전 비중을 '0'으로 만드는 탈원전 계획을 법제화하고 성공적으로 추진했다. 그러나 기후위기가 가속되고 에너지 자원이 무기화되면서 에너지 자립을 걱정해야 하는 시대가 도래했다. 다시 많은 국가가 높은 발전량을 기대할 수 있는 원자력발전에 눈을 돌리고 있다.

이 뜨거운 감자인 원전을 어떻게 해야 할 것인지에 대한 논의의 서막이 서서히 열리고 있다. 문재인 정부의 앞서나간 탈원전 정책은 산업 역군이자 미래 과학을 책임진다 여겨지는 원자력계의 비판에 직면했다. 화석연료 퇴출이라는 기후위기 대응 과제까지 더해지면서 탈원전 정책은 현실성 없는 이념적 정책이라는 평가에 그치고 말았다. 이런 여론의 변화를 읽고 탈원전 정책 백지화를 내걸고 당선된 윤석열 정부는 원자력 산업계와 학계의 폭넓은 지지를 받았다. 윤석열 정부는 10차 전력수급기본계획에서 2036년까지 원자력발전 비중을 34퍼센트로 늘리겠다고 발표했다. 반면 재생에너지 발전 계획은 문재인 정부의 안보다 크게 후퇴했다. 이처럼 한국 정치에서 원전과 재생에너지의 아슬아슬한 갈등 구도는 계속되고 있다.

그러나 나는 지난 10년 동안 정작 원전에 대한 깊이 있는 논의가 이뤄졌다고 생각하지 않는다. 문재인 정부의 탈원전 정책은 2084년까지 원전 비중을 0으로 줄이는 장기적인 감원전 정책이었음에도 불구하고 극단적 정책이라는 비판 속에 뭇매를 맞으며 사라졌다. 코로나19라는 비상 상황과 기후위기 대응의 시급성이 더해지면서 이 논쟁적인 발전원에 대한 사회적 논의가 제대로 되었다고 보기 어렵다.

물론 나 또한 인류 역사상 최고의 논쟁적 에너지 자원인 원자력에 대해 기자로서 명확한 입장을 취하기는 매우 쉽지 않다. 다만 나는 원자력 업계와 학계를 취재하면서 이들의 분노가 매우 흥미로웠다. 진보 언론으로 분류되는 매체에 속한 기자이다 보니 내게 원전에 대한 오해를 풀 수 있다며 직접 책을 선물해 주는 친원전 인사들도 있었다. 인상적이었던 것은 이들에게서 느껴지는 문재인 정부에 대한 강한 적개심이었는데, 인간적으로 이해가 전혀 안 되는 것은 아니었다. 한때 한국 전력의 40퍼센트를 책임지기도 했던 원자력발전의 미래를 몰살했다는 분노였을 것이다. 지금은 정부기관장이 된 한 원자력 전문가는 나와의 인터뷰에서 미국에서 힘겹게 공부해 기술을 습득했고, 그 결과 한국의 오늘을 이루는 데 기여했는데 문재인 정부의 탈원전 정책은 이러한 역사를 무시하며 후배들과 학생들의 일자리를 빼앗은 몰상식한 정책이라고 말했다. 사회복지망이 약한 한국에서 "해고는 살인"이라는 말에 깊이 공감하는 나는 이 말을 오래 곱씹을 수밖에 없었다.

원자력이 다시 떠오르는 시대라지만 원전의 경제성과 안전성 사이의 논쟁은 여전하다. 대형 부지와 1조 원가량의 막대한 건설비가 들어가는 대형 원전의 신규 건설은 사실상 쉬운 일이 아니다. 이 때문에 원자력계 내부에서도 대형 원전의 필요성을 말하는 이들과 소형모듈원전SMR 연구의 필요성을 더욱 강조하는 이들로 나뉜다. 다만 과학계에서는 두 분야 모두에 투자가 필요하다고 말한다. 대형 원전의 경우 중동이나 동유럽 등 여전히 대형 원전을 필요로 하는 투자처에 판매하기 위한 목적이 강하며, 소형모듈원전 기술 개발은 대규모 부지가 필요해 주민들과 마찰을 겪는 대형 원전의 상황을 고려하면 장기적으로 그 가치가 더욱 높아질 것이란 이유다.

그럼에도 불구에도 과제는 여전히 산적해 있다. 원자력 업계에서도 가장 중요한 문제로 핵폐기장 건설을 꼽는다. 월성원전 인근에서 8개월 동안 생활하며 《원전마을》이라는 책을 쓴 김우창은 원전을 "화장실 없는 맨션"에 빗댄 기존 환경운동 진영의 용어를 재인용했다. 원전 안전 문제를 해결할 획기적인 기술이 등장한다고 해도 문제는 폐기물이다. 원전을 가동하는 이상 발생될 수밖에 없는 핵폐기물들을 어떻게든 지구상에 두고 함께 살아가야 한다. 원자력발전으로 발생되는 고준위 핵폐기물의 경우 그 반감기가 수만 년에 이르는 것도 있는데, 이들은 인간보다 더 오래 이 지구에 남아 있을 것이다.

대체로 발전을 마친 핵연료는 원자로 건물 옆 수조 형태의 습식저장시설로 옮겨져 5~6년 동안 잔열을 식힌 후 건식저장시설에 임시 보관된다. 이후 사용후핵연료는 원전 밖으로 옮겨져 중간 저장된 뒤 지하 500미터에서 1킬로미터 깊이에 달하는 고준위 방사성 폐기물 처분시설에 영구 처분된다.

그러나 한국은 사용후핵연료를 전부 임시 저장 중이다. 원전을 계속 운영하기 위해서는 고준위 방사성 폐기물 처분시설 건설이 필수적이다. 정부는 2060년부터 처분시설을 운영할 계획이라 밝혔는데, 원자력 업계의 요구를 수용해 김영식 국민의힘 의원은 현재 상황에서 처분시설을 2050년부터는 운영해야 하기 때문에 관련 일정을 앞당겨야 한다는 내용을 담아 관련 법안을 발의했다. 그러나 동물도 인간도 좁은 공간을 나눠 살고 있는 한국에서는 수십 년에 걸쳐 방사성 폐기물 처분시설 건설 반대 운동이 이어지고 있다. 정부는 1980년대부터 약 30년에 걸쳐 국내에 방폐장 부지를 선정하려 했으나 실패했다. 굴업도, 안면도, 부안, 울진, 영광 등이 후보로 거론되었으나 주민 시위를 비롯한 사회적 갈등이 극심했기 때문이다. 이번에도 비슷한 상황이 반복되지 않으리라 확신하기 어렵다.

이상기후로 인한 원전의 불안전성 문제도 거론된다. 여름철 폭염을 자주 겪는 프랑스 남부 지역에서는 냉각수 공급과 배출 문제로 원자로 가동을 중단하거나 가동률이 낮아지는 사례가 빈번하다. 2022년 7월 폭염으로 가뭄이 계속되자 프랑스 남부에 위치한 골페슈, 블라예, 뷔제, 트리카스탱, 생탈방 원전 등에 냉각수를 공급하는 강물의 양이 줄어 전체 원전 가동률이 낮아질 것이란 우려가 외신에 전해졌다. 원전 가동률이 낮아지면 프랑스가 전력 수입을 늘릴 가능성이 있고, 그렇다면 유럽 지역은 물론 세계적으로 에너지 가격이나 수출입의 흐름이 달라질 수 있다는 분석이 이어졌다.

한국도 이 문제에서 자유롭지 않다. 한국원자력안전기술원 원전안전운영 정보시스템의 사고·고장 발생 현황을 보면 2017년부터 2022년까지 발생한 전체 56건의 고장 중 태풍, 폭우, 지진 등 발전소 외부의 환경적 요인으로 인해 발생한 고장이 25퍼센트(14건)로 1위였다. 월성원전은 2020년 9월 한반도 동남 지역에 들이닥친 태풍에 실려 온 염분이 전기 설비에 불꽃을 일으키며 멈췄다. 한울 1·2호기 터빈은 2021년 4월 대형 플랑크톤의 일종인 '살파'가 대량으로 원전 취수구로 유입되면서 정지했다. 원전 안으로 바닷물을 끌어 올리는 통로인 취수구가 막히면 발전 과정에서 발생하는 열을 식히는 냉각수의 유입이 어렵다. 기후위기로 인해 계속 해수 온도가 오른다면 살파와 같은 해파리 형태의 생물이 증가할 것이라는 우려도 나온다. 올해 봄 동해안 산불로 한울원전 앞까지 불이 번지자, 소방 당국은 바닷물까지 퍼 올려 겨우 불을 껐다.

시민들이 해야 할 일은 무엇일까. 한 전력 전문가는 에너지 문제는 전문가에게 맡겨야 한다고 주장했지만, 나는 동의할 수 없다. 결국은 시민들이 선택한 정부가 에너지 정책을 짤 수밖에 없기 때문이다. 한국같이 자원이 부족한 나라에서 에너지 문제는 분명 정치의 영역이다. 제조업 중심의 산업 시설이 많은 한국은 세계적으로 전력 사용량이 높은 편이다. 앞으로도 한국은 현재 경제 수준을 유지한다는 전제로 전력 사용량 10위 이내를 유지할 가능성이 크다. 누구에게 어떤 요금으로 어떻게 전기를 배분할 것인가와 같이 자원 배분의 우선순위를 정하는 일은 분명 정치적이다.

원자력 산업에 대한 기술 개발, 투자 지원을 하되 이를 어떻게 활용할 것인지는 결국 사회의 선택과 합의에 달렸다. 원전의 경제성이 미래에도 유지될 것인지, 안전성에 대한 일말의 불안함이 남아 있지 않은지 산업과 학계, 정부가 정치색을 버리고 따져봐야 하는 문제이다. 이미 지어버린 원전을 부수거나 가동을 중단하는 것은 막대한 사회적 비용이 드는 일이라 쉽지 않을 것이다. 다만 원전을 가동하는 이상 핵폐기물이라는 시한폭탄의 초침이 계속 돌아가고 있음을 인지해야 한다. 또한 신규 원전을 짓는 일은 안전성이 확인된 기존 원전을 재가동하는 일보다 신중한 판단이 필요하다.

원자력은 프로메테우스의 불과 같다. 원자력에 대한 충분한 사회적 논의를 거치고, 성숙한 판단을 할 수 있는 사회만이 위험하지만 효율적인 에너지원을 누릴 수 있을 것이다.

나는 지금도 가끔 스마트폰을 없애고 싶다. 하지만 세상의 변화에 귀를 기울여야 하는 기자라는 직업을 선택했고, 혼자 사시는 엄마의 연락을 언제라도 받기 위해서 스마트폰을 늘 손에 쥐고 있다. 그렇지만 언제 어디서라도 서로를 빠르게 연결해 주는 스마트폰 때문에 사람들이 관계를 너무 가볍게 생각하게 된 것은 아닌지, 더 쉽게 타인을 비난하고 상처주게 된 것은 아닌지, 서로의 삶을 비교하며 마음 다치게 된 것은 아닌지 의심이 들곤 한다.

뇌 용량의 한계도 내가 스마트폰을 놓지 못하는 이유 중 하나이다. 고지식한 나는 기자 생활을 하며 마감을 금과옥조처럼 여겨야 한다고 배웠다. 그래서인지 한번 정한 약속은 가급적 지키려고 노력하고 혹여나 약속 시간에 늦으면 상대에게 과하게 미안한 마음이 들기도 한다. 물론 예상하지 못한 사건들이 발생해서 변수가 생겼을 때 상대방과 즉각 연락을 할 수 있는 것은 다행스러운 일이지만 늘 약속이 변경될 수 있는 사회에 살다 보니 그것도 참 피곤하다. 그럴 때마다 나는 세상의 속도에 적응하기가 너무 어렵다는 생각을 한다.

스마트폰에 쌓이는 데이터 쓰레기도 지우지 못하는 노년의 엄마는 여전히 내비게이션 없이 아는 길로만 운전을 하지만 행복하다고 한다. 그런 엄마를 보며 이런 생각이 들었다. 과연 기술이 발전하면 사람들은 지금보다 행복해질까. 사회 문제는 해결될까. 더 행복해지고 싶고 복잡한 문제를 해결하고 싶은 나는 아직도 기술이 가져다주는 편리함과 기술로부터 해방되고 싶은 피로감 사이 어딘가에서 갈팡질팡하고 있다. 인간은 적응의 동물이라고 하는데 이 사회에 적응하고 싶다가도 또 굳이 그래야 하나 싶은 마음이 든다.

기술의 진보를 이끈 21세기 최강대국 미국에 갔을 때 들었던 느낌도 비슷했다. 가장 선진적인 사회이지만 동시에 어딘지 모르게 삭막했다. 전체 인구의 절반 가까운 2000만 명이 오밀조밀 몰려 사는 한국의 수도권과 미국의 행정수도 워싱턴은 집과 집, 건물과 건물 사이의 거리의 풍경이 다르다. 도로 차선 수도 다르다. 단체 관광객을 싣고 다니는 버스 크기도 다르다.

3억 명이 넘는 전체 미국 인구만 따지면 한국의 6~7배이지만, 국토 면적을 보면 100배 가까이 차이가 나기 때문에 밀도가 다르다. 자가용이 없으면 생활하기 힘든 미국에서 살았다면 살아남기 위해서 나는 운전을 할 수밖에 없었을 것이다. 그랬다면 나도 기술의 개발을 구원이라고 믿게 되었을까.

나보다 세상 이치에 밝은 남편은 언젠가 "왜 미국에서 자율주행차량이 발달했는지 알아? 기술 개발은 결핍에서 시작하는 거야"라는 멋진 통찰을 보여줬다. 남편 말대로 그렇게 수십 시간을 달려서 이동해야 하는 큰 대륙에 살다 보면 더 편리한 이동을 위한 기술 개발의 필요성을 강하게 느꼈을 것이다. 나는 자연환경에 적응하는 인간에 가깝다 보니 자연환경을 극복해야 한다는 굳은 신념도 없고 기술 개발의 필요성을 간절하게 느끼지도 않는다. 그렇지만 내가 사랑하는 지구와 자연과 생명이 기후위기라는 거대한 적 앞에서 좀 더 자유로워질 수 있도록 기술이 뒷받침되었으면 한다는 작은 소망은 있다.

기후위기 대응 방법을 크게 두 가지로 나눠보자면 실제로 배출되는 온실가스를 감축할 수 있도록 우리 삶의 방식을 바꾸는 방법과, 현재 삶의 방식을 유지하는 대신 온실가스를 기술적으로 없애는 방법으로 나눌 수 있을 것이다. 현재 삶의 편리함을 유지하고 싶은 인간의 욕망을 쉽게 비판하거나 부정할 수는 없다. 그러다 보니 배출되는 탄소를 기술적으로 처리하기 위한 다양한 방법들이 논의되고 있다. 그중 대표적인 것이 탄소포집저장CCS; Carbon Capture and Storage 방식이다. 탄소포집저장은 석유화학 단지나 철강 회사 등 탄소를 많이 배출하는 산업 시설에서 탄소를 포집한 뒤 이를 선박이나 파이프로 운송해 해저와 같은 지층에 주입하면서 이미 발생된 공기 중의 탄소를 없애는 기술이다. 이 기술의 발전 여부가 인간의 기후위기 대응의 주요한 분기점이 될 수 있을 정도로 혁신적인 기술로 평가받는다. 다만 소형모듈원전과 마찬가지로 과연 완전한 기술로 상용화가 가능할 것인지는 아직 물음표의 영역이다.

과연 기술이 지구 환경을 지키고 우리를 구원할 수 있을까. 첨단 기술의 발전 현황을 가늠할 수 있는 기술 박람회에서는 각 기업들이 앞다퉈 탄소 감축 혹은 에너지 효율을 높여준다는 기술을 홍보하고 있다. 그러나 기술 개발만이 능사라는 생각은 인간 살기에만 편한 생각이 아닐까 나는 아직 의심하고 있다. 현재의 생활 습관이나 사고방식을 그대로 유지하면서 지구의 환경이 개선되길 바라는 것은 무책임한 태도로도 보인다. 지구를 감싸고 있는 대기에 이미 배출되어 있는 온실가스만으로도 우리는 온난화를 피할 길이 없다. 모든 것을 누리며 온실가스를 없애줄 기술을 기다리는 것은 이미 아픈 사람에게 곧 신약이 개발될 테니 버티라고 하는 말과 같을 것이다. 병을 악화시키는 생활 습관이 있다면 당연히 이를 근절해야 한다. 기술 개발을 기대하는 것이 나쁘진 않으나 온실가스를 줄이기 위한 행동을 고민하고 실천하는 것도 필요해 보인다.

동시에 개인의 실천을 지나치게 강조하며 책임을 지우는 일도 온당하지 않아 보인다. 산업계를 30년 넘게 취재한 한 선배는 내게 "탄소중립 같은 어려운 이야기 할 필요 없다. 환경 문제는 그냥 안 입고 안 쓰고 걸어 다니면 해결된다"라는 명언을 남겼다. 하지만 나에게는 그의 말이 다소 폭력적으로 들렸다. 그런 실천은 기본이지만 선택의 영역이다. 또 모두가 그렇게 실천한다고 해도, 그것만으로는 이미 병이 든 지구를 낫게할 수 없다. 앞서 말했듯이, 한번 배출되면 최대 200년까지도 대기에 남아 있는 이산화탄소를 없애지 않는 한 과거의 기후로 돌아갈 수는 없기 때문이다. 또 쓰레기를 줄이기 위해 종이컵을 사용하지 않는 행동이 얼마나 모여야 석탄 화력발전소 1기가 배출하는 온실가스를 상쇄할 수 있을지 가늠하기 어렵다. 권투 용어로 따지면 잽(쓰레기 재활용)과 어퍼컷(화력발전소 폐쇄)

의 차이랄까. 기후위기와의 싸움은 속도전이며 우리에겐 시간이 별로 남아 있지 않기 때문에, 좀 더 배점이 큰 문제를 맞히려는 효율적 접근이 필요하다. 이것이 환경운동가들이 구조적 문제를 개선해야 한다고 외치는 이유이기도 하다. 그 선배는 이런 구조적 배경을 알아보려는 노력도 하지 않은 채 환경 문제를 간편하게 바라본 것이라고 생각한다.

갈팡질팡하며 흔들리는 나의 경우 인간의 욕망과 기술의 진보에 대한 믿음을 전부 부정하기는 어려웠다. 나는 반자본주의적 가치들을 지향하면서 살 수는 있지만 무조건 반자본주의가 답이라고 외칠 자신이 아직은 없다. 현대사회에서 인간이 누리고 있는 많은 것은 기술의 진보에 빚을 지고 있다. 또한 인간의 기본적 권리를 보장하기 위한 개발도 필요할 수 있다. 이미 많은 개발을 해온 선진국에서 개발도상국의 온실가스 배출을 막는 것이 정의가 아니듯이, 인류의 삶을 바꿀 수 있는 기술에는 대체 불가능한 가치를 가진 것도 있다.

그렇기 때문에 나는 환경 문제를 멋지게 해결할 수 있는 다양한 기술의 등장을 매우 손꼽아 기다리고 있다. 다만 그 기술을 개발하는 과정에서도 역시 환경과 인간을 모두 고려해야 할 것이다. 동시에 기술의 진보만을 기다리며 인간이 환경을 위해

할 수 있는 작은 실천마저 무가치한 것이라고 치부할 필요도

없다고 생각한다.

도시 텃밭을 가꾸며 고추, 호박, 배추, 깻잎, 상추, 방울토마토, 가지 등 다양한 작물을 길러봤고 도시양봉도 해봤다. 결과적으로는 지속하지 못했다. 신혼집 베란다에 작게 꾸민 나의 텃밭에서 많은 식물과 작물들이 겨울 추위를 버텨내지 못하고 동사했다. 두 개의 어항에서 새우와 구피, 다슬기, 수초 등을 애지중지 가꾸는 남편은 내게 식물 파괴왕이라는 낙인을 찍기도 했다. 지속 가능하기 위해서는 내 욕심을 버려야 했다. 돈을 벌기 위한 활동을 줄이고, 생명에 더 많은 관심을 두고 시간을 투자해야 했다.

제대로 된 농부 혹은 식물 집사가 되어보지 못해서일까. 나는 농민들의 삶에 관심이 많다. 점점 온난화되는 기후 때문에 과일 재배지들이 북상하고 있다. 제주도의 대표 작물이던 한라봉은 이제 전라남도에서 재배되고 경상북도 안동의 사과는 강원도 정선에서 수확된다. 취재하면서 만난 제주의 50대 농민은 현재 귤 농사를 짓고 있지만 언젠가는 재배 과일을 바꿔야 한다는 위기감을 느끼며 제주대학교에서 기후변화로 바뀌는 제주 기후에 어울리는 작물 재배 방법을 배우는 중이었다.

날씨는 점점 예측하기 어려워지고 있지만 내가 만난 농민들은 열심히 대비하면 또 기회가 올 것이라고 믿고 있었다. 기후변화 앞에서 좌절하는 것만이 우리의 모습은 아니라는 희망을 그들에게서 찾을 수 있었다. 다만, 이미 고령이 된 일부 농민들은 새로운 기술이나 지식을 습득할 체력과 여력이 되지 않는 경우가 많다. 이럴 경우 미래에 대한 대책을 세우지 못해 고스란히 피해를 볼 수밖에 없다. 자연의 약육강식 논리는 인간 사회에서도 마찬가지로 적용되며, 미래를 읽는 눈과 미래를 대비할 수 있는 자본과 기술은 곧 힘이자 권력이 된다. 땅과 바다에서 삶을 이어온 농민들에게도 마찬가지였다.

어민들의 사정도 크게 다르지 않았다. 수온이 올라 앞바다를 떠나버린 물고기를 잡으려고 수십 년 동안 지킨 고향 바다 대신 먼 바다로 나가는 이들도 있었고, 수익이 나지 않는 이 일의 미래를 걱정하는 이들도 있었다. 이들에게 바다가 병드는 것은 곧 삶의 위기였다.

농어업에 대한 정부 정책의 부족이 어제오늘 일은 아닐 것이다. 사람들이 고향을 떠나 도시로 몰리는 '이촌향도'의 역사 이후 정치 영역에서는 표가 되지 않는다는 이유로 농어촌에 더는 예산을 지원하지 않는다. 여론의 관심도 농어촌을 떠났다. 그나마 농림축산식품부에서 2022년 12월 중장기 식량안보 강화방안을 발표했는데, 기초 식량작물의 자급률을 높이고 해외 공급망을 넓혀 외부 충격에도 굳건한 식량안보 체계를 구축하겠다는 것이 주요 골자였다. 그러나 전국농민회총연맹의 한 간부는 정부 정책 방향 자체가 여전히 농민을 향하지 않고 있음에 분노했다. 농민을 보조금 지급 대상으로만 인식하며, 농산물 생산자보다 소비자들의 불만을 잠재우기 위해 가격 경쟁 정책을 펼 때가 많다는 이유에서였다. 예를 들어 수입 농산물을 유통시키면 농산물의 가격을 안정시킬 수 있지만, 농가에서는 폭락한 가격을 회복할 방법이 없다. 이런 구조적 문제 앞에서 농민은 나약하고 보호가 필요한 존재로만 인식되고 있다. 도시인 중심의 농어업 정책이 농어민들의 마음을 다치게 한 지도 수십 년이 되어간다고 농민들은 입을 모아 말한다.

　　기후위기 시대의 종착지는 식량위기일 수 있다는 우려의 목소리가 세계적으로 점점 커지고 있다. 앞서 소개한 적 있는 기후변화에 관한 정부 간 협의체^{IPCC} 보고서 공개는 전 세계 기후환경, 과학 기자들이 주목하는 최대의 이벤트이다. 기후변화 팀의 팀장으로 일하면서 수일 동안 외국에서 진행되는 회의 시간에 맞춰 일상생활을 하며 한국의 과학자들을 인터뷰했다. 다만 이 보고서는 5~6년 동안의 모든 연구 결과를 집대성한 자료이기 때문에 분량이 흉기급이었다. 그러나 매우 매력적이게도 지역별로 어떤 변화가 예상되는지 분류해 두었기 때문에 보다 쉽게 내용에 접근할 수 있었다.

"기자님, 인도의 변화를 잘 살펴보세요."

조천호 전 국립기상과학원장을 비롯한 전문가들은 비전문가인 기자들에게 인도 지역을 주의 깊게 살펴보라고 제안했다. 인도 등 남아시아 지역이 중요한 이유는 해당 지역의 식량 수급이 불안정해질 경우 이 지역 주민들뿐 아니라 전 세계인의 삶의 안정성이 붕괴될 수 있을 정도로 막강한 영향력을 지닌 지역이기 때문이었다.

6차 보고서의 아시아 지역 부분을 보면, 과학자들은 장기적으로 강수량이 증가하고 태풍이 극지방까지 이동할 가능성이 높다고 경고하고 있었다. 특히 아시아 고산지대 빙하 유출량이 이번 세기 중반까지 증가할 것이기 때문에 아시아 대륙

주변 해수면은 세계 평균보다 빠르게 상승할 것이라고 전망했다. 또 중앙아시아 지역에 바람이 불지 않거나 북아시아에 산불이 증가할 것이라 예측했고, 인도 등 남아시아 지역은 폭염으로 인한 스트레스가 늘고 연간 강수량도 증가할 것이라고 예고했다.

그런데 궁금증이 남는다. 남아시아 지역의 연간 강수량이 늘어난다면 농업생산량은 좋아지는 것 아닐까? 빈곤율과 영양실조율이 높은 인도 인근 지역은 농업생산을 위한 용수 확보가 매우 중요하기 때문이다. 그러나 이미 우리도 경험하고 있듯이 강수량의 증가는 이상기후로 인한 폭우와 극심한 가뭄이 교대하며 극단적인 쏠림 현상으로 발현될 가능성이 높다. 한쪽에서는 가뭄이 심해 물이 부족한데 다른 지역에서는 홍수 피해를 걱정해야 하는 식이다.

선진국이라면 대체로 보유하고 있는 물 관리 기술이 저개발국가가 몰려 있는 남아시아에서 적극 활용되고 있는지도 의문이다. 여전히 남아시아에는 상하수도 시설이 미비해 물을 이용하거나 관리하는 데 어려움을 겪고 있는 지역이 많다. 이 때문에 기후위기에 대응하기 위해선 선진국이 저개발국가 지원에 나서야 한다는 주장이 힘을 받고 있다.

기후변화로 인해 남아시아 지역의 농업생산량이 꽤 많이 줄어들 수 있다는 비관적 전망은 이미 2000년대 초반부터 꾸준히 제기되어 왔다. 나아가 이 지역에 주로 서식하는 아열대성 병충해가 온난화의 영향으로 전 세계로 확산된다면 전 세계 농업생산량에도 안 좋은 영향을 미칠 것이라는 예측도 있었다. 극지방과 저위도 지역 모두 미래가 밝지 않다는 것이 가장 두려운 일이다.

세계적 곡창 지대의 위기는 세계 경제에도 영향을 끼친다. 러시아의 침공을 받은 우크라이나 흑토 지역은 세계 최대 밀 수출 지역이었다. 전쟁으로 밀을 비롯한 우크라이나 지역의 농작물 생산량은 급감할 수밖에 없었고 그나마 생산한 밀도 자국 소비가 늘어나면서 전 세계적으로 밀값이 폭등했다.

우크라이나가 전쟁으로 고통받는 상황을 보면서 기후위기로 폐허가 될 지구를 미리 내다본 기분이 들었다. 경제학자들은 이미 식량 문제를 그 위기의 시작으로 꼽으며, 2차 세계대전 이후 한 세기 가까이 이어지고 있는 세계화 시대의 종말까지도 예견한다. 이미 역대 봄철 최고 기온을 기록하고 있는 인도에서는 밀 수출 금지를 선언했다. 이처럼 식량 수출과 수입으로 유지되어 온 세계화라는 현재 지구 문명의 시스템이 전쟁과도 같은 기후위기로 인해 한 번에 무너질 수 있다는 우려도 나온다.

이런 글로벌한 변화를 일상에서도 자주 목격한다. 남편에게 빵 심부름이나 장보기를 부탁할 때마다 나는 혼자 묘한 쾌감을 느낀다. 남편에게 구구절절 기후위기의 심각성과 시급성을 설명하느니 그냥 몸소 느끼게 해주려는 나만의 전략이 숨어 있기 때문이다. 장을 보고 온 남편은 늘 "물가가 많이 올랐어. (빵순이인 내게 빵을 꼭 먹어야 하냐는 말 대신) 빵값이 밥값보다 비싸네"라는 잔소리를 흘리곤 하는데 그때가 내게는 기회다.

"기후변화로 각 국가의 식량난이 심해지면 물자 교류는 점점 어려워질 거야. 그러면 물가는 더 오를걸? 기후변화나 이상기후로 꿀벌이나 곤충들이 사라져 수정을 못 하면 그때는 아예 마트에서 물건을 구하기 쉽지 않을걸?"

그러면 남편은 더 이상 말을 잇지 못한다.

도시 농부를 꿈꾸는 나는 2021년 대파값이 한 단에 6700원이던 때 베란다에 파를 심으며 버텼다. 파니까 버텼지만 쌀이나 밀 같은 곡물이 부족하다면 극복할 방법이 딱히 상상되지 않는다. 간단한 생활의 어려움이 아니라 삶을 유지하는 기본적 권리인 먹을 권리를 주장하지 못하는 상황이 올 수도 있다는 상상에 다다르면 숨이 막히곤 한다. 기후변화를 우리 스스로를 지키는 안보의 문제로 봐야 한다는 목소리가 커지고 있는 이유이기도 하다. 최소한의 식량 주권을 확보하는 일, 기후위기 시대에 국가라면 반드시 대응해 나가야 하는 과제가 되었다.

"재생에너지를 확대하라는 환경론자들 뒤에 결국 자본이 있는 거 아니야?" 나의 관리자가 물었다. 환경을 말하는 이들 뒤에 숨은 자본의 꼼수가 있는 것 아니냐는 질문이었다. 질문만 들어도 설명할 게 참 많다는 생각이 들었다. 재생에너지에 투자하는 기업들은 당장의 수익만을 고려해 투자하지 않는다고 다들 입을 모아 말한다. 물론 LG의 태양광 패널 생산 사업 철수 이후 대기업 중에서는 외로이 태양광발전 산업을 지켜가고 있는 한화의 경우 세계적인 경기침체 상황 속에서도 홀로 좋은 실적을 냈다. 이를 보면 당장의 이익과도 관련이 있긴 하다. 그러나 기업은 보다 장기적인 관점에서 미래를 내다보며 현재보다 더 큰 수익을 꿈꾼다. 재생에너지 발전의 비중이 지금보다 더 높아지고 그 경제성이 나아졌을 때를 대비해 미리 기술력을 갖추고 시장을 확보하기 위해 투자를 하고 있는 상황이다. 이 때문에 업계에서는 재생에너지 시장의 성장성을 꾸준히 상향해 평가하고 있다. 아직 재생에너지 비중이 낮은 한국에서 재생에너지 산업에 투자하는 것은 일종의 선투자 개념으로 보인다. 그렇다 보니 재생에너지 산업계와 이 산업을 옹호하는 환경론자들의 결탁을 의심하기가 쉽다. 당연히 재생에너지 전환으로 대변되는 에너지 전환의 과제가 비단 이념적이고 정치적인 이슈만은 아니다. 기업과 경제산업 전반에 이 전환의 시기 자체가 기회일 수 있기 때문이다. 동시에 현재 에너지 전환 과제를 기후위기라는 사회적 과제로 인식하지 못하거나 단기 수익만을 좇았던 기존 경제산업적 시각으로만 바라보면 시장 자체를 이해하기 어려울 수 있다.

지금 당장 돈을 벌 수 없어도 기업들이 재생에너지에 투자하는 이유는 외부에 있다. 기후위기 대응 문제가 떠오르며 화석연료 의존도가 높은 전 세계 발전원이 자연 에너지를 포함한 무탄소 배출 전력으로 바뀌어야 한다는 과학적, 사회적 목소리가 높아지고 있다. 그 동력의 출발점과 맥락을 이해하는 것이 곧 미래를 읽는 힘이 아닐까. 국제에너지기구[IEA]는 전 세계 에너지 투자 규모를 따져봤을 때, 2023년이 석유보다 태양광에 투자한 금액이 높은 첫 번째 해가 될 것이라고 전망했다.

다만, 그런 질문을 하는 사람이 나의 관리자인 게 문제였다. 이런 흐름에 대해 한참을 이야기하고 돌아서는데 묘하게 맥이 빠졌다. 환경과 산업의 흐름을 동시에 읽지 않으면 저런 질문을 할 수 있겠다는 생각이 들었다. 산업적 측면에서 볼 때 재생에너지 산업은 한국의 자본시장에서 매우 작은 비중을 차지하기 때문이다. 그런 고민이 들 때마다 나는 기후변화를 공부하지 않으면 도태될 수밖에 없는 시대인데, 기존 관습대로 바라보고 변화에 둔감한 이들이 언론계에도 많다는 것을 느낀다. 사회 곳곳에 기후변화를 부정하는 이들이 여전히 존재하는 만큼 언론사 내부 관료들 중에서도 이에 공감하지 못하는 이들이 있을 수밖에 없었다. 하지만 기업은 달랐다. 기업을 취재하면서 기업인들에게 가졌던 선입견이 깨어진 순간이 여러 번 있었다.

기업은 영리활동을 지속하는 데 가장 필요한 것으로 안정적인 대내외 환경을 꼽는다. 그런 점에서 기후위기 시대는 매우 불안정한 환경을 기업들에게 제시하고 있다. 하지만 이런 판이 역설적으로 강자와 약자 모두에게 기회를 열어주고 있다. 미래를 읽고 선제 대응을 할 수 있다면 흥할 것이고 시류의 변화를 놓치면 쇠할 수밖에 없다. 20세기 초반 핸드폰 시장을 점령했던 핀란드 국민기업 노키아가 삼성과 애플에 밀려 쇠락한 이유와 같다. 변화에 능동적으로 대처하지 않는 기업은 도산의 길로 빠진다는 것을 기업 스스로 모를 리가 없다. 기후변화 시대, 기업은 그 속성상 당연히 현재와 미래의 돈을 잃지 않기 위해서 혹은 돈을 더 벌기 위해서 빠르게 움직일 것이다. 예를 들어, 친환경 제품에 대한 시민들의 지지와 인식 수준이 높아지면서 많은 기업들이 이러한 수요에 맞춰 이윤을 남기기 위한 방법을 찾고 있다. 원청회사가 이러한 가치관과 철학을 강조하게 되면 이 회사에 납품하는 2차, 3차 하청기업들 역시 영향을 받을 수 밖에 없다.

동시에 기업은 탄소 배출의 주체로서, 이를 줄일 수 있는 방법을 직접 찾아야 하는 과제를 받아 든 수험생이기도 하다. 기업의 영리활동을 권장하지 않는 자본주의 국가가 없다는 것을 고려하면 정부 역시 기업의 이러한 고민에 발맞춰 기업에 유리한 방향의 경제 정책을 펴 기업의 활동을 유도, 지지할 수 있을 것이다.

실제로 기후변화 이슈는 기후정의와 불평등 문제라는 근원적 고민부터 경제산업 전환의 과제까지 해가 갈수록 점점 넓어지고 깊어지고 있다. 생각해 보면 한동안 우리는 탄소중립이라는 용어도 잘 알지 못했다. 그런데 앞으로는 더 어려운 경제 용어들이 계속 튀어나올 것으로 보인다. 앞서 말한 대로 환경 규제의 필요성이 커지면 이를 지지하는 여론이 생겨나고 정부는 이러한 흐름을 무시할 수 없다. 물론 정부의 규제가 기업의 활동을 유도할 수도, 제약할 수도 있지만 기업 스스로 규제에 앞서 선제적으로 대응하려는 움직임을 보이고 있다. 미래 영향력과 성장 가능성을 높이려 노력하지 않으면 도태될 수 있다는 위기감이 있기 때문이다.

유럽연합이 2025년부터 시행할 예정인 탄소국경조정제도 CBAM가 대표적이다. 유럽연합 회원국으로 철강, 시멘트, 전력 등 우리나라에서 만든 제품을 수출하는 경우 유통 과정에서 배출된 탄소량을 계산해 그만큼 관세를 부과하는 제도이다. 탄소 배출량을 규제하는 정책이라 환경을 위한 정책 같아 보이지만 실은 유럽의 사회, 경제 상황을 고려한 전략적인 산업 정책이다. 세계 기후환경 담론을 이끌고 있는 유럽은 자국 내에서 탄소 배출을 줄이라는 사회적 압력이 높고, 이에 맞춰 제조 시설을 개선하고 있다. 그러다 보니 공정 과정에 투자를 많이 할 수밖에 없어 과거보다 생산 비용이 급격히 올랐다. 비용 부담을 느낀 사업주는 유럽을 떠나 탄소 배출 규제가 없는 다른 나라로 공장을 옮기려고 할 것이다. 그럴 경우 유럽 국가들은 큰 경제적 타격을 입게 된다. 이렇게 무역 과정에서 배출되는 탄소를 저감하면서 유럽 국가들의 경제적 피해도 막기 위해 도입된 것이 바로 탄소국경조정제도인 셈이다.

탄소국경조정제도를 가능하게 하는 정책은 또 있다. 국가별로 시행하고 있는 탄소 비용 관련 세금 정책이다. 탄소 비용을 물리며 온실가스 감축을 유도하는 탄소 가격 제도로는 '탄소세'와 '배출권거래제' 등이 있고, 이미 세계 60여 개 국가가 이를 적용하고 있다. 한국도 배출권거래제와 유류세 등 탄소 관련 세금이 부과되고 있지만, 실질적으로 탄소 배출 감축을 유도하는 효과가 없다는 지적을 받아 정부 중심으로 개선 방안을 찾는 중이다.

일상에서 환경과 경제 이슈가 정말 서로 긴밀히 이어져 있다는 것을 확인할 때마다 매번 놀라곤 한다. 사람들은 환경을 취재하다가 경제산업 쪽을 취재한다고 하면 어쩌다가 가장 사이가 안 좋은 분야, 혹은 정반대의 분야를 취재하게 되었냐고 묻는다. 하지만 내가 볼 때 두 분야는 매우 가깝게 이어져 있다. 더욱이 탄소 감축이라는 숙제를 받아 든 기업들은 이미 이를 가장 잘 알고 있다. 환경적 가치를 추구하는 이들의 목소리가 거세지면서 새로운 무역장벽이 나타날 수 있고 이것이 기업의 생존과도 직결된다는 점을 직감적으로 깨닫고 있기 때문이다.

환경 공부를 가장 열심히 하는 곳은 화석연료 기업이라는 말이 있다. 에너지 기업 외에도 기업의 신년사에 '친환경'이 빠지는 경우는 정말 드물었다. 단순한 수사적, 선언적 표현이고 그린워싱 소지도 다분하다고 비판할 수 있다. 그렇지만 친환경적 성장이 아니면 국제사회에서 생존하기 어렵다는 것을 잘 알고 있기 때문에 그런 수사라도 담으려고 하는 것이다. 정부 부처의 고위 관료들을 만날 때마다 환경 관련 행정 업무를 한 이들의 기업 채용 소식을 듣는다. 환경, 경영, 거버넌스를 강조하는 'ESG' 관련 자격증을 따기 위해 도전하는 젊은 직장인들이 늘어나고 있기도 하다. 이제 환경을 잘 아는 것이 돈이 되고 권력이 되는 시대인 것은 분명해 보인다.

전 국민 상식 용어가 된 RE100(Renewable Electricity, 재생에너지 전기 100% 사용) 역시 탄소 배출량을 줄여야 하는 글로벌 기업들의 움직임이고 그 영향력이 세계 경제를 흔들고 있다. 한국 기업들도 글로벌 스탠다드를 맞추기 위해 하나둘씩 가입하고 있다. 하지만 한국의 에너지 정책상 재생에너지 발전 비율이 낮고, 이러한 한계 때문에 기업이 자체적으로 재생에너지 생산을 하지 않는 이상 이를 지킬 수 있는 방법이 딱히 없다는 모순적 상황에 직면해 있다. 그럼에도 울며 겨자 먹기식으로 선언을 하는 것은 그렇게라도 하지 않으면 시장에서의 경쟁력 확보가 어렵기 때문이다.

환경을 이야기하면서 기업을 적으로 돌리는 것은 하수이다. 기업이 돈을 잘 벌어야 그 기업을 직장으로 삼고 삶을 이어가는 많은 시민들이 일상을 버틸 수 있을 것이다. 기업이 도산하면 국민이 가난해지고 정부가 벌어들일 세금이 부족해진다. 세금이 부족해지면 사회적 공공망이 약해진다. 공공망이 약해질 때 가장 먼저 배제되는 영역은 사회의 가장 소외된 분야일 것이고 환경도 그런 분야 중 하나일 것이다. 물론, 기업을 적으로 돌리지 않는다고 기업에 대한 감시를 소홀히 하자는 말은 결코 아니다.

환경과 경제가 서로 이어져 있음을 보여주는 또 다른 사례가 있다. 바로 미국에서 통과된 인플레이션 감축법[IRA]이다. 세계 경제 1위의 국가인 미국을 포함해 유럽연합, 중국 등 주요 경제 강국들이 자국 보호 정책을 펼치기 시작하면서 세계 경제가 소용돌이치고 있다고 주로 알려져 있다. 하지만 실제 이들의 정책엔 기후변화 대응 의도가 숨겨져 있다. 이름은 인플레이션 감축법이지만, 언론에서는 '기후변화법'이라고 불릴 만큼 강력한 친환경 에너지와 전기차 산업 확대 전략이 숨어 있다. 재생에너지로의 전환에 속도를 내고 전기차 전환을 앞당기면서 온실가스도 감축하고 소비도 늘릴 수 있도록 한 정책으로, 탄소국경조정제도가 규제였다면 인플레이션 감축법은 지원책인 셈이다. 재생에너지 공장이나 전기차 공장을 미국에 짓는다면 세금 혜택이 크기 때문에 한국의 기업들은 RE100도 실행하기 어려운 한국을 떠나 미국 시장으로 향한다. 미국은 친환경 정책을 펼치면서도 자국 경제를 살리기 위해 한화솔루션, 현대자동차 등 한국의 기업들을 블랙홀처럼 끌어들이고 있다. 한국의 환경 전환 정책이 지금처럼 미진한 상태로 유지된다면 국내의 인재들도 더욱 많이 미국 혹은 외국으로 떠나게 될 것이다.

이처럼 환경 문제가 오로지 환경 문제에서 끝나지 않는 이유는 세계를 움직이는 거대한 힘인 경제산업계의 흐름과 환경 문제가 서로 긴밀히 연결되어 움직이기 때문이다. 기후변화로 전환이 불가피하다는 과학자들의 판단과 무제한으로 성장하는 산업과 경제에 일정 정도의 규제를 원하는 여론 덕분에 세상이 변하고 있다. 경제산업계나 정치계 역시 환경 문제를 경시하며 미래에 발 빠르게 대처하지 못한다면 국제사회에서 도태되는 시대가 도래했음을 알고 있다. 산업의 전환, 누구의 과제일까? 환경과 경제의 거리는 정말 멀기만 할까?

은행에서 처음 마이너스 통장을 열었을 때 기분이 묘했다. 이사를 위한 목돈이 필요해서 대출을 받았는데 일단 돈을 구했다는 생각에 안도하면서도 내 앞으로 거액의 빚이 생겼다는 사실에 마음이 무거웠다. 그런데 나보다 더 빚이 많은 누군가는 태연해 보였다. 빚이야 직장이 있는 이상 앞으로 조금씩 갚아나가면 되니 걱정하지 말라는 말도 들었다. 빚을 지는 것 자체가 싫은 나로서는 이해하기 어려운 반응이었다. 빚을 내서 투자하고 돈을 벌면 또 빚을 내는 이런 돈의 흐름에 관심조차 없는 나와 달리 그는 여유로워 보였다. 그리고 실제로 그런 사람들이 돈을 더 많이 모았다. 그때만 해도 전 세계적으로 금리가 낮았기 때문에, 대출을 받는다는 것은 적어도 안정적인 직업을 가진 능력자라는 말과 같았던 것이다.

기업의 경우도 마찬가지이다. 가진 돈이 많으면 당장은 배가 부르지만 늘 그렇게 현금을 쌓아두고 있을 수만은 없다. 투자를 유치해 자금을 융통할 수 있어야 또 다른 미래를 내다보고 사업을 유지할 수 있다. 결국 기업의 변화를 유도하는 것 역시 돈이다. 만약 금융이 산업의 친환경적 전환을 유도할 수 있다면 환경을 우선에 둔 기업 활동은 당연히 더 늘어날 수밖에 없다.

유럽연합과 한국, 중국, 일본 등 세계 여러 나라가 녹색산업을 정의하고 분류하기 위한 분류체계인 '그린 택소노미'Green Taxonomy를 정하고 녹색산업에 금융 혜택을 주기로 한 것도 그런 이유였다. 친환경적이지 않은 산업을 자연스럽게 퇴출시키는 방법은 생산비를 높여서 경제성을 떨어뜨리는 것이다. 또 녹색산업에 저금리로 대출을 해주는 등 자본의 융통을 도와주는 지원책도 하나의 방법이다. 기업 입장에서는 기업 활동에 필요한 돈을 더 쉽게 구할 수 있다면 그 틀 안에서 경제활동을 좀 더 자유롭게 할 수 있기 때문이다.

근 몇 년이 기후위기 대응의 시급성을 공유하고 대안이 필요하다는 데에 의견을 같이하는 해였다면, 이후 기후위기 대응은 경제산업계가 주도하는 모습이다. 물론 러시아-우크라이나 전쟁이 발발해 주로 러시아에서 천연가스를 수입하던 유럽 국가들이 에너지 공급난을 겪으면서 세계 에너지 가격이 요동을 쳤고 그 결과 원자재 가격이 치솟으며 혼란스러운 경제 상황을 맞이했다. 하지만 탈탄소와 재생에너지 확대, 환경과 사회, 거버넌스를 강조한 ESG 경영 등 산업계를 관통하는 거대한 흐름 자체는 달라지지 않았다. 세계경제와 지구인들의 삶을 좌지우지하는 기업과 금융은 이 거대한 흐름을 따라가면서 혹은 앞장서면서 시대를 선도할 것이라고 예상된다.

특히 탄소 배출에 의한 비용 부담이나 이상기후로 인한 공급망 부재, 사회적 혼란 등의 리스크 관리도 경제산업계에서 주요하게 주목하고 있는 분야이다. 이미 미국 연방준비제도 레이얼 브레이너드 부의장은 2021년 3월 "기후변화를 2008년 금융위기의 기폭제 역할을 한 리먼 브러더스 파산 사태에 준하는 위협으로 인식한다"고 말했다. 기후위기로 인한 이상기후나 천재지변이 현재의 사회체제를 붕괴시키는 재난 상황을 야기할 경우 관련 기업과 이들 기업에 돈을 빌려준 금융기관들도 연쇄적으로 위기를 겪을 수밖에 없기 때문이다.

보험사에서 기후위기에 대응하는 모습도 인상적이다. 미국의 보험사들은 이상기후로 인한 재난을 우려해 해안가 지역 주택의 보험료를 더 높게 매기고 있다. 풍수해보험과 화재

보험, 자동차보험, 농작물재해보험 등 재해보험 가입률과 지급률은 매해 오르고 있다. 미래에 대한 불안이 높아지는 만큼 보험에 의존하고 싶은 사람들은 늘어날 것이다. 그러나 영리기업인 보험사는 자연재해로 인한 피해는 면책조항으로 두고 책임을 피하려고만 할 뿐 보험상품을 만들고자 하는 노력은 부족하다. 문제의식이 있어서 보험료율을 따져보려 해도 축적된 정보가 없으니 자체적으로 보험상품을 만들 능력은 없는 것이 현재 보험업계의 기후 대응이 속도를 내지 못하는 근본적 이유이다. 이상기후로 인한 피해의 정도가 더 심해지면 사람들이 하늘 탓만 할까. 글로벌 보험사들이 기후 대응을 위한 상품성 있는 보험상품을 만들어낸다면 다른 보험사들도 변화하지 않을까.

기업의 돈줄을 쥐고 있는 투자자들은 이미 기업에 변화를 요구하고 있다. 기업의 환경, 사회, 거버넌스를 고려하는 ESG 경영 지표를 수치화해 이를 기업 공시에 의무적으로 공개해야 한다고 요구하는 흐름이 생겨났고 미국과 유럽에서부터 변화가 진행 중이다. 미국 증권거래위원회는 기후위기가 기업 경영에 미치는 리스크를 연차 보고서 등을 통해 공시하도록 하는 기후공시 초안을 2022년 3월에 발표했다. 모든 상장기업은 직접 배출하는 온실가스(스코프 1)와 전기 사용 등을 통해 간접 배출하는 온실가스(스코프 2)까지 공시하도록 했다. 그리고 매출 7500만 달러를 초과한 기업에 대해서는 공급망 전체의 온실가스 배출량(스코프 3) 공개를 요구했다. 기후공시 내용엔 외부 감사를 의무화하는 내용도 포함됐다. 이처럼 환경을 고려한 기업 경영 활동은 점점 의무화될 것이다.

투자자들은 이러한 변화를 반긴다. 내가 투자한 기업의 사업과 제품이 미래에 어떤 경쟁력을 가지게 될 것인지를 내다보기 위해서는 많은 정보가 필요하다. 정부와 시장은 탄소 배출을 곧 저감 비용이 드는 일이라고 인식하고 있고 이런 흐름은 달라지지 않을 것이다. 그렇기 때문에 기업의 미래를 내다보고 투자를 결정하는 이들로서는 기업의 미래 대응 능력을 확인할 필요가 있다. 탄소 배출량과 경영진의 의지, 변화 실행 정도 등은 기업의 좌초자산 위험을 알아보는 데 매우 중요한 정보가 될 것이다.

SK이노베이션과 같은 대기업들은 앞으로 더 높아질 탄소 배출 비용에 대비해 내부적으로 사업 추진에 따른 탄소 발생량과 비용을 산정해 투자 안건을 심의할 때 적용하고 있다. 세계적으로 '탄소배출권'(탄소를 배출할 수 있는 권리) 거래에 드는 비용을 유가나 환율과 같이 경영 성과에 영향을 미치는 핵심 지표에 포함해 모니터링한다는 것이다. 변화에 능동적으로 적응하고 대응하는 기업이 있다면 금융계가 강제로 변화를 요구할 때 움직이는 기업들도 있을 수 있다. 그러나 한번 트인 물꼬는 사회의 변화를 빠르게 앞당길 것이다. 그리고 이것은 나만의 생각이 아니라 많은 전문가들이 입을 모아 예견하는 미래다.

이렇게 빠르게 변화하는 시장의 기후 대응 과정을 시민과 경제산업계를 잇는 언론이 발 빠르게 따라가지 못한다는 점이 아쉽다. 경제산업부에서 정유사와 석유화학 기업, 항공사, 해운사 등을 취재하던 내게 한 관리자가 툭 이런 말을 뱉었다.

"기업이 왜 그러냐고? 결국 돈 벌려고 그러는 거야."

환경 이야기를 하는 사람들은 자본주의 속성 자체를 모를 것이라는 선입견에서 나온 말이었다. 그때 나는 정부의 원자력발전 정책 추진에 발맞춘 기업들의 속사정과 각자의 전망을 들어보는 기사를 쓰던 중이었다. 당연히 기업은 돈을 벌기 위해 정부 정책에 발맞춘다. 에너지 전환이라는 거대한 흐름은 거스를 수 없기에 기업들은 그 안에서 돈의 흐름을 쫓는 것이다. 기업은 돈을 벌기 위해 여러 가능성을 따져볼 것이고, 가장 유리한 길을 정할 수밖에 없다. 그 과정을 쫓는 것은 언론으로서 당연하다. 특히 에너지 분야는 매우 빠르게 변화하고 있다. 당장 돈이 되는지만 따져서 기사의 가치를 판단하는 것은 아쉬운 일이다. 언론은 현재 변화의 흐름을 좀 더 넓고 깊게 들여다보기 위해 노력해야 한다.

경제산업계에서도 환경에 대해 말하지 않으면 도태될 수밖에 없는 시대가 열리고 있다. 눈 밝은 경제산업계 인사들은 단기간의 경기침체보다 더 무서운 속도로 기후위기 대응이라는 과제가 닥칠 것이라고 내다보고 있다. 이를 알아보지 못하고 과거에만 머물러 있는 기자들 역시 도태될 수밖에 없을 것이다. 그리고 이럴 때일수록 언론은 자본의 속성을 더욱 매섭게 감시해야 한다.

역사적으로 볼 때 나는 자본주의의 속성은 달라지지 않을 것이라고 생각한다. 단기간이든 장기간이든 자본은 이윤을 위해 움직일 것이다. 집단과 조직에 대한 불신이 팽배한 사회에서 개인의 선택과 판단도 자기 자신의 이익만을 좇는 이기적인 방식으로 귀결될 것이라고 생각한다. 그런 자본과 사회의 냉정한 속성 자체를 부정할 생각은 없다. 나에게는 그럴 용기도 없다. 그래서 자본이 환경을 최우선으로 생각할 것이라는 기대는 하지 않는다. 재생에너지가 확대되는 지금의 흐름도 시장의 선택에 의해 어느 순간 꺾일 것이기 때문에 자연의 에너지만을

100퍼센트 이용하는 사회를 기대하지도 않는다. 창업주 가족의 지분 4조 원을 지구를 위해 써달라고 하는 글로벌 아웃도어 브랜드 '파타고니아'는 매우 예외적인 사례. 그렇지만 그들에게도 지속 가능함을 위한 '성장'을 추구한다는 원칙은 있었다.

이윤 추구가 자본의 변하지 않는 속성이라고 말하지만, 나는 동시에 자본이 향하는 방향을 바꿀 수 있는 힘도 결국 이 사회에 내제되어 있다고 믿는다. 금융과 자본을 어떻게 활용할 것인지도 결국 이를 운용하는 사람에게 달려 있다. 자본은 돈을 좇지만, 돈은 사람의 욕망을 좇는다. 욕망은 사람의 마음에서 출발한다. 마음에 녹색 가치를 피우려면 어떻게 해야 할까. 결국 정치적 타협과 정치적 결정으로 세상은 한 발씩 앞으로 갔다가 뒤로 갔다가 하면서 어딘가로 나아갈 것이다. 기후위기 시대, 가변적인 미래에 대한 고민은 모두가 함께 할 수밖에 없다. 때로는 자본의 속성을 이용해 녹색산업으로의 전환을 유도하는 것이 환경과 경제의 거리를 좁히려는 이들이 할 수 있는 최선의 노력처럼 느껴지기도 한다. 자본주의 체제 안에서도 환경을 말하고 연대를 꿈꾸는 착한 자본주의를 믿는 이들의 노력으로 세상이 변화해 갈 수 있을까. 자본주의에 최적화된 도시인이지만 나는 계속 녹색 꿈을 꾸고 싶다.

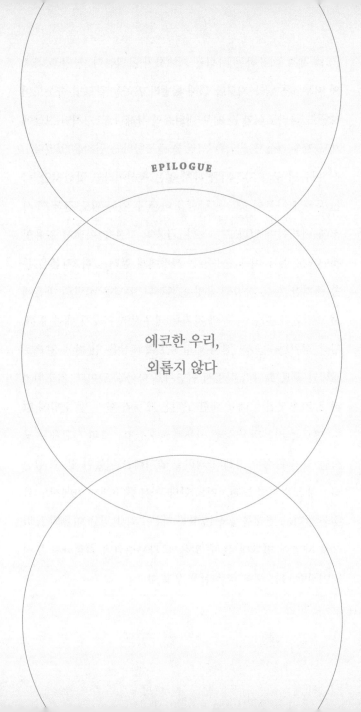

EPILOGUE

에코한 우리,
외롭지 않다

부끄러운 책을 내는 것은 아닌지 걱정이 많았다. 사실 책을 내놓은 지금도 부끄럽다. 그래도 지난 20년 가까이 혼자만 간직했던 수많은 고민들을 한 번쯤 내려놓고 싶었다. 한국 환경 문제를 해결하기 위해 평생을 바친 앞선 세대와 새롭게 나타난 환경 문제에 진심인 미래 세대 사이에 끼인 애매한 세대로서 나의 경험을 기록하는 것도 의미가 있을 것이라는 욕심도 있었던 것 같다.

존경하는 환경 전문 기자이자 회사 선배인 조홍섭 기자는 1년 차 기자였던 내게 "환경 기자가 되려면 때를 기다려야 한다"고 하셨다. 10년 차 기자가 된 내게는 "환경 기자는 1판 기자이니 늘 지지 말아야 한다"고 조언하셨다. 1판에 기사를 쓰고 퇴근을 하면 다음 날 기사가 빠져 있었다던 선배 시절과 지금이 크게 달라진 것 같지는 않다.

앞으로 얼마의 시간이 더 필요할지 모르겠다. 하지만 언젠가는 사회 모든 분야에서 녹색 깔때기를 통해 맞닥뜨린 문제를 사고하고, 경제 성장을 최우선 가치로 삼더라도 지속 가능성을 포기하지 않는 시기가 올 것이라 굳게 믿는다. 경제와 환경은 상호 보완적인 관계다. 이를 빠르게 깨닫고 똑똑하게 나아가는 사회가 되길 바란다. 이러한 사회를 꿈꾸며 나는 더 많은 사람들과 환경의 가치를 공유하고, 합리적이고 경제적인 사고에 기반해 장기적이면서도 현실적인 대안을 고민하는 기자이고 싶다.

또 환경을 말하는 이들을 전문 시위꾼이나 순진한 이상주의자라 폄하하지 않았으면 좋겠다. 이들을 분리하거나 고립시키지 않는 사회를 바란다. 사실 이들은 앞으로 이 사회가 마주칠 수많은 갈등 속에서 건설적 대화를 위한 물꼬를 틀 수 있는 민감하고 섬세한 사람들이다. 지구를 사랑하고 환경을 말하는 이들이 이러한 자신의 남다른 능력을 알아차리고 자랑스러워했으면 좋겠다. 서로 다른 생각을 하는 이들이 만나 편하게 대화할 수 있는 사회가 된다면 그 사회를 기록하는 기자인 나도 지구와 생명, 환경의 이야기를 더 깊이 있게 들여다보는 즐거움을 느낄 수 있을 것 같다.

책을 낼 때마다 그러했지만, 이번에도 마감을 훌쩍 넘겼다. 뻔뻔한 나 때문에 마음고생 많으셨을 한겨레출판 정진항 본부장님과 이윤주, 허유진 팀장님께는 항상 죄송했다. 기다려주신 덕분에 묵은 생각들을 풀어낼 수 있었다. 원아연 편집자님 덕분에 복잡하게 꼬여 있던 나의 생각들을 좀 더 가지런하게 정리할 수 있었다.

세상에서 가장 신뢰하고 사랑하는 남편 정대연 기자와 가장 존경하고 사랑하는 엄마 유국자 여사의 독려와 애정이 없었다면 책을 쓰지 못했을 것이다. 일상의 따뜻함을 항상 느낄 수 있게 해주시는 든든한 시부모님과 양가 가족들께도 감사하다.

에코우리의 에코라이프는 어떻게 흘러갈까. 나는 계속 에코할 수 있을까. 환경을 고민할수록 태도의 문제를 고민하게 된다. 서로의 마음을 들여다보고 또 말 못 할 이들을 위해 서로를 살펴보는 삶, 에코라이프는 우리 모두가 서로 연결되어 있음을 느끼는 순간에 시작되는 듯하다.

여전히 나는 부족한 인간이고, 앞으로도 계속 부족할 수밖에 없을 것이다. 그래도 환경과 생명에 대한 사랑을 잃지 않는 용감한 시민으로 뚜벅뚜벅 살아가고 싶다. 나에게 영감을 주는 모든 에코한 시민들께 감사드리며, 우리 모두 외롭지 않았으면 좋겠다.

미주

1 안소은·오치옥·윤태경, 〈우리나라 국민의 환경인식, 환경태도, 환경실천 현황 및 구조적 관계성 분석: 국민환경의식조사를 중심으로〉, 《환경정책》 제29권(제1호), 2021.

2 오수빈, 〈기후위기 위험인식과 대응행동의도 사이에서의 감정적 반응 매개효과와 세대 간 차이: 수도권 주민을 대상으로〉, 서울대학교 환경대학원 석사 논문, 2022.

3 김윤호, "아파트서 젖병 물려 키운 아기곰, 살인곰 됐다… 60대 부부 참극", 〈중앙일보〉, 2023년 2월 9일.

• 이 책은 한국여성기자협회의 후원을 받아 저술·출판되었습니다.

지구를 쓰다가

기후환경 기자의 기쁨과 슬픔

ⓒ 최우리, 2023

초판 1쇄 발행 2023년 4월 13일
초판 3쇄 발행 2024년 5월 20일

지은이   최우리
펴낸이   이상훈
편집2팀   원아연 최진우
마케팅   김한성 조재성 박신영 김효진 김애린 오민정

펴낸곳   (주)한겨레엔 www.hanibook.co.kr
등록   2006년 1월 4일 제313-2006-00003호
주소   서울시 마포구 창전로 70(신수동) 화수목빌딩 5층
전화   02) 6383-1602~3 팩스 02) 6383-1610
대표메일   book@hanien.co.kr

ISBN   979-11-6040-967-3 03810